# CHANTS

## DU SOIR.

## POÉSIES

PAR

J.-F.-JULES PAUTET.

# PARIS,

SCHWARTZ ET GAGNOT, QUAI DES AUGUSTINS, 9.

1838.

# CHANTS DU SOIR.

DIJON. — IMPRIMERIE DE M<sup>me</sup> VEUVE BRUGNOT.

# Chants du Soir.

## POÉSIES

Précédées d'un coup d'œil sur notre Littérature
et sa nationalité, ainsi que d'une lettre
de Jean Reboul, de Nîmes,
à l'auteur ;

## PAR J.-F. JULES PAUTET.

## DIJON,

P. MÉOT, LIBRAIRE-ÉDITEUR, RUE DE LA LIBERTÉ,
Au coin de la place d'Armes.

1838.

＊

# A TOI,

JEANNE-CAMILLE CHANTRIER,

MODÈLE DE VERTU ET DE DÉVOUEMENT,

SÉVÈRE POUR TOI,

INDULGENTE POUR AUTRUI.

＊

# COUP D'OEIL

## SUR NOTRE LITTÉRATURE

### ET SA

### NATIONALITÉ.

# Première Partie.

E toutes les sources d'émotions pures, de douces jouissances, la plus féconde est sans contredit l'étude ; elle élève l'ame et rend meilleur, elle isole le cœur au milieu de l'atmosphère électrique des passions. C'est une amie qui ne trahit pas, nous la trouvons fidèle aux jours de l'infortune. Emportés par le

tourbillon du monde, si nous la délaissons quelquefois, quand nous lui revenons elle nous accueille sans reproches et semble nous dire : —
Tu me reviens, j'en étais sûre ; moi seule, je ne
trompe pas et je sais tant de mots qui consolent!
Viens te délasser du monde et de son vain bruit,
en nous promenant par la pensée dans les siècles
écoulés.

Guidés par son flambeau, c'est alors qu'on découvre des trésors d'imagination, des sources
inconnues de bonheur. —

Oh! comme on entend avec émotion cette voix
naïve des temps primitifs de notre poésie, cette
voix aux accens variés et gracieux qui module
des sons vifs et touchans, reflet des ames tendres
et vigoureuses.

Et puis comme on s'aperçoit qu'on n'a pas été les
premiers à sonder ces précieux dépôts de notre
vieille littérature; comme on retrouve souvent
dans nos vieux auteurs des pensées que ceux de
notre âge ont seulement habillées à la moderne!
Que de fois l'on s'écrie avec notre spirituel Bi-
bliophile : — voilà leur maître. Que de bonnes et
naïves idées puisées à ces sources fécondes et
tenues pour neuves, fraîchement écloses du cerveau de nos jeunes auteurs! Des idées, ce n'est

point assez, nous trouvons presque des volumes, qu'on n'a fait que rajeunir, que relier à la Thouvenain, que revêtir d'un habit taillé dans le dernier goût! Que de procès nous aurions à intenter! Mais, silence! il y a prescription!

Ces découvertes augmentent encore la variété qui est le caractère de l'histoire littéraire dont l'étude est une mine inépuisable de ressources contre le malheur, et l'ennui, cette adversité des favoris de la fortune. Les esprits blasés qui sont la proie du dégoût et de la satiété peuvent ranimer leur existence intellectuelle par l'étude.

L'étude n'a-t-elle pas du bonheur pour toutes les imaginations, des alimens pour toutes les sympathies. Elle augmente chez l'homme le sentiment de sa dignité, et rend dédaigneux de la méchanceté du monde. Oui, mais en dépit de ce dédain superbe, le philosophe, le poète, l'historien, viennent demander au monde le prix le plus doux de leurs travaux, son approbation; c'est de lui et de lui seul qu'ils attendent la récompense de leurs veilles.

Singulière infirmité de l'ame humaine; on affecte de jeter le dédain aux hommes et on sollicite leur suffrage. Ah! ne croyons pas à cette hauteur qu'on affiche, le poète se trompe lui-même qui semble ne point attacher d'importance au jugement des hommes ; il ambitionne leurs applaudissemens. Il faut l'avouer, le public est de bon accord et de bonne composition, il accueille souvent des ouvrages écrits sous l'inspiration de ce faux dédain.

Cet immense besoin du suffrage des hommes, ce désir impérieux que nous éprouvons de communiquer, d'échanger nos pensées, nos sensations, est la preuve irrécusable de notre sociabilité, quoi qu'en ait pu dire l'éloquent citoyen de Genève.

Mais l'erreur et la vérité tour à tour se partagent le monde et font chanceler les esprits méditatifs qui vont à la recherche des sources de nos idées et de nos sensations.

Voyez en philosophie : Platon, le divin Platon qui après les sages de l'Inde commence l'ère de la philosophie parmi les hommes, Platon revêt des plus belles couleurs la croyance des idées innées.

Son élève Aristote, dans un style froid et en harmonie avec l'erreur qu'il professe, repousse cette pensée féconde.

Epicure nie Dieu.

Lucrèce développe dans un beau poème le

système de ce Grec voluptueux : — Tout à la
vie extérieure. —

Le Christianisme, cette grande philosophie
pratique, rallume le flambeau de la vérité ; il accuse son origine orientale par le dogme sublime
de l'immortalité de l'ame.

Descartes revient à l'idée de Platon. Bientôt
un homme probe et vertueux, le célébre auteur de
l'entendement humain, nie de nouveau les idées
innées et donne pour origine à la plus noble,
la plus subtile, la plus insaisissable des facultés
de l'homme, la Pensée, ce qui est matériel en
nous, les Sens.

Le dix-huitième siècle fier de l'appui du vertueux Condillac accueille ce système, et le
pousse dans ces dernières conséquences morales ;
la révolution arrive qui le presse dans ses dernières conséquences physiques.

Mais au nord de l'Europe il est des hommes
d'une vie contemplative, intérieure, qui rehaus-
sent l'esprit humain. Les Allemands rêveurs
et mélancoliques, travaillant pour eux-mêmes
sans rechercher l'enivrement d'ovations toujours
vacillantes, redonnent quelque avenir au spiri-
tualisme. Dabord ils sont traités fort légèrement
par la foule moqueuse imbue des principes phi-

losophiques du dix-huitième siècle, puis insensi-
blement on fait à leur système l'honneur de l'examen, c'est un pas! on cherche à le réfuter, et
de nos jours la spiritualité de l'ame n'est plus
remise en question, et l'existence de Dieu est
dans toutes les convictions. Après tant d'alterna-
tives d'orage et de ciel pur, nous avons touché
le port!

Si dans l'étude de la philosophie l'esprit s'égare
dans des contradictions et des erreurs; dans celle
de l'*histoire littéraire*, il n'en est pas de même.
C'est l'examen d'une série de faits, l'appréciation
de documens successifs qui constatent les progrès de l'esprit humain. Jetons un coup d'œil
rapide sur ce vaste tableau.

Notre histoire littéraire dans les premiers siècles,
n'est à proprement parler que l'histoire des vicissitudes de notre langage, et nous sommes même
réduits à des conjectures sur l'époque antérieure
à l'invasion Romaine. Les Gaulois nos ancêtres
étaient maintenus dans une profonde ignorance
par leurs prêtres qui réservaient la science pour
eux seuls et leurs adeptes. Ils avaient des colléges
inaccessibles au vulgaire. L'opinion commune est
qu'ils n'écrivaient rien, et ce qui semble la confir-
mer, c'est qu'il n'est parvenu jusqu'à nous aucun

monument de la langue celtique que parlaient les
Gaulois. Quelques auteurs prétendent qu'il en
reste des traces, qu'on en retrouve des débris au
milieu des montagnes de l'Auvergne, qui restè-
rent à-peu-près vierges de l'invasion Romaine.

Les Druides se divisaient en plusieurs classes ;
l'une d'elle se composait des Bardes ou poètes,
qui chantaient les mystères sacrés et les hauts
faits des guerriers. Lucain parle de ces poètes dont
nous n'avons pas un seul vers. Nous devons re-
gretter une poésie qui sans doute était mâle,
énergique et quelque peu rêveuse sans doute dans
notre France, si belle maintenant, mais alors
couverte de forêts. On l'appelait, *Gallia comata,*
Gaule chevelue, à cause des bois immenses qui en
occupaient presque toute la surface. Il serait à
souhaiter que nous pussions faire remonter notre
histoire littéraire jusqu'à ces temps reculés ; loin
de là, il nous faut encore traverser bien des
siècles.

Vers l'an 599, avant l'ère chrétienne, les Pho-
céens sortis de l'Ionie vinrent fonder Marseille ;
ils apportèrent dans le midi de la Gaule leurs arts
élégans, leur religion sensuelle, leurs fêtes brillantes, leur langage souple et gracieux. Alors
l'idiôme grec si riche et flexible modifia le cel-

tique dans la partie méridionale des Gaules. C'est
le premier échec que reçut notre langue nationale
qui passa par bien des filières avant que d'arriver
à l'apogée de sa perfection sous la plume admirable des Bossuet et des Racine. Ce fut l'invasion
romaine qui porta le coup le plus violent au celtique; elle l'effaça presque entièrement pour lui
substituer la langue de Cicéron!

Les Gaulois ne furent pas vaincus seulement
dans les combats, mais encore dans leurs mœurs,
dans leur langage, dans leur religion. Et ce qui
accuse le plus fortement la perte de leur nationalité, c'est que le latin devenant chez eux d'un
usage général, ils comptèrent bientôt des écrivains du premier mérite parmi leurs lettrés dans
la langue du vainqueur.

C'est un bouleversement complet, un choc
épouvantable de peuples à peuples, qui nous
rendit notre physionomie à nous, après bien des
années de ténébres épaisses.

Lorsque les peuplades du nord inondèrent nos
contrées devenues Romaines par les arts, les
mœurs et les lettres, notre langage fut de nouveau modifié, la lutte fut vive entre la langue
tudesque apportée par les nouveaux conquérans,
et la langue latine laissée par les anciens vain-

queurs. Mais le latin succomba ; il disparut de
la vie habituelle et se réfugia dans les cloîtres
sous l'abri des voûtes sacrées. Les barbares boule-
versèrent la Gaule, les lumières s'y éteignirent.
Le mélange des deux idiômes, celui des Francs
avec le cortège des particules, celui des Romains
à inversions hardies, donna naissance à une langue
mixte qui se répandit dans toute la Gaule. Les
moines et les prêtres conservateurs des livres qui
avaient échappé à la dévastation entretinrent
quelques temps le feu sacré ; mais peu-à-peu ils
tombèrent eux-mêmes dans l'ignorance, et Charlemagne les trouva sans lettres.

Charlemagne, cette grande et noble figure de
ces temps de barbarie, Charlemagne qui devançait
son siècle de toute la haute portée de son génie,
fit tous ses efforts pour chasser l'ignorance, pour
dissiper les ténèbres qui couvraient son empire.
Il s'entoura de ce qui restait d'hommes instruits
dans les Gaules, et appela à sa cour les étrangers
distingués par leur savoir. Il fonda une réunion
d'elettrés avec lesquels il aimait à s'entretenir.

Dès-lors le langage se modifia de deux manières
bien distinctes, au nord et au midi de la France.
Ce qui nous prouve l'importance qu'avait acquise
le langage vulgaire, c'est que Charlemagne en

détermina les règles et les principes dans une grammaire qu'il composa lui-même.

Au nord dominait le tudesque et au midi naissait cet idiôme de transition qu'on appelle *langue Romane*, qui, en se perfectionnant peu à peu, produisit le français.

Les débiles successeurs de Charlemagne ne continuèrent point sa grande pensée. L'ignorance reparut après le grand homme. Les auteurs anciens furent oubliés de nouveau. Eh! bien, c'est cependant de cette ignorance, de cet abandon total que surgit enfin, faible et pâle d'abord, notre littérature nationale. C'est cette absence d'étude de l'antiquité qui fit que notre littérature se dessina, devint *elle-même*, s'imprima un cachet à elle, et vraiment l'ignorance fut bonne à quelque chose.

Les productions littéraires nationales remontent aux dernières années du dixième siècle, du moins celles qui sont parvenues jusqu'à nous. A cette époque les troubadours au midi, et les trouvères au nord, commencèrent à chanter les exploits des guerriers, et la beauté des dames.

Les croisades vinrent exciter l'imagination des poètes. C'est avec notre religion, notre superstition même, nos institutions féodales et nos mœurs

chevaleresques qu'ils commencèrent à jeter les
fondemens de notre *littérature Française*. Avec
quel vif sentiment d'orgueil national et de plaisir
ne retrouve-t-on pas le *Lay* mélancolique du trouvère et la *Syrvente* satyrique, le gai *Soulas* des
*Troubadours*, et les *Fabliaux*, charme de l'âtre
du castel.

Oh! c'est là qu'il faut placer le berceau de
notre littérature nationale, c'est de là qu'elle
est partie pour s'élever si haut! En la suivant
dès sa naissance, on la voit grandir, se parer,
devenir flexible, se prêter, complaisante et facile,
aux moindres nuances d'une pensée d'homme!

Après avoir marché à travers les siècles, les
débris et les ruines, on prend enfin possession
de notre littérature nationale. Arrêtons-nous un
instant avant que d'entrer, même par l'esquisse,
dans le vaste champ qui s'ouvre aux recherches.

L'esprit humain a ses périodes fixes de décrois-
sement et de renaissance. Il est essentiel d'embrasser d'un seul coup d'œil, par époques, bien
jalonnées, l'*histoire littéraire universelle*. A elle
se rattache par mille points notre littérature nationale qui a dû s'empreindre peu à peu de toutes
les littératures qui l'ont précédée, et qui ont

marché avec elle; sans abdiquer sa nationalité, elle a plus ou moins perdu à leur contact.

C'est un fleuve dont on peut suivre le cours depuis sa source; on aperçoit les entraves qui gênent sa marche, les ruisseaux, les rivières qui l'alimentent et le grossissent; depuis les travaux des savans Bénédictins qui ont rendu tant de services aux lettres, jusques aux investigations modernes des Raynouard, des Tissot, etc., etc.

Presque aucune des beautés de détail qui embellissent les rives de ce fleuve n'est perdue pour nous, et nous le voyons enfin, dans son ensemble grand et majestueux, porter son tribut à la vaste mer de l'intelligence humaine.

Avant d'esquisser le tableau de notre littérature nationale, disons deux mots de l'histoire littéraire en général; indiquons à grands traits ses plus beaux siècles. D'ailleurs ne retrouve-t-on pas dans notre littérature tous les genres de compositions qui ont illustré les Grecs et les Romains, et ne nous montrons-nous pas aussi riches qu'eux de notre propre fond? car la littérature française est restée *nationale*, quoiqu'on en dise, elle a toujours conservé son cachet propre. Non, il n'y a pas eu de solution de continuité dans son existence. Nous avons notre gloire littéraire à nous depuis les temps reculés jusqu'à nos jours. C'est en vain qu'on voudrait deshériter la France de cet honneur. Ah! dans ces temps de croyances vacillantes, lorsque tout semble s'écrouler autour de nous, quand la société ignore où elle va, ne négligeons rien de ce qui peut nous apprendre d'où elle vient ; anneau par anneau, renouons la chaîne des temps, appuyons-nous sur notre passé pour nous faire un avenir, restons nation compacte et forte avec toutes ses gloires, et conservons au moins, puissante au fond de nos cœurs, la religion de la nationalité.

Dans la grande classification de *l'histoire littéraire universelle* par périodes, il faudrait désigner la première époque sous le nom de *littérature biblique*, puis viendrait la littérature de l'Inde, ce berceau du monde moral ; mais la première est comme une arche sainte et mystérieuse en-dehors de la critique humaine ; la seconde n'est pas encore suffisamment connue pour lui donner place dans la hiérarchie littéraire. L'Egypte long-temps considérée comme la mère patrie des lettres, des sciences et des arts ne fut cependant que l'héritière de l'Inde.

Arrivons aux Grecs et plantons chez eux notre premier jalon.

Bien avant Périclès les lettres étaient en honneur dans la Grèce.

C'est Homère, sublime mendiant, Homère lui seul qui forme la première époque. Pour cette première période, nous n'avons que le chantre des malheurs d'Illion! Seulement Homère!... Eh! n'est-ce donc point assez? Il y a dans ses immortels ouvrages de la gloire pour dix siècles. Chénier a dit de lui avec son admirable bonheur d'expression :

> Et depuis trois mille ans Homère respecté
> Est jeune encor de gloire et d'immortalité.

Déjà soixante et dix poètes avaient précédé ce grand homme ; mais leurs noms ne sont même point parvenus jusqu'à nous. Linus, Orphée, Musée, voici les seuls poètes dont le nom ait surnagé sur les flots des siècles ; nous n'avons aucun de leurs écrits, et nous ne les connaissons que par la tradition de leur célébrité!

Fixons notre deuxième époque au temps où Eschyle, Sophocle, Euripide, Socrate, Platon, Aristote illustrèrent les Athéniens ; Périclès méritait de donner son nom à ce beau siècle.

La troisième époque qui porte le nom d'Auguste comme point de ralliement, prend ses illustrations un peu avant, et un peu après ce successeur de Jules César. Virgile, Cicéron, Horace, Ovide, Tacite, Tite-Live forment un faisceau de gloires, une auréole de lumières qui illustrent à jamais la mémoire d'Auguste.

La quatrième époque est le siècle des Médicis. C'est entre notre troisième et quatrième périodes, que nous voyons naître notre littérature nationale.

Les Français à leur tour prennent rang dans la grande famille littéraire. Le siècle lyrique de Louis XIV forme la cinquième époque de l'histoire universelle.

Mais revenons à notre quatrième époque, à ce siècle brillant des Médicis; nous y classons Pétrarque, quoique venu quelque temps auparavant, Boccace et Dante, l'Arioste et le Tasse. C'est dans ce temps mémorable que nous avons notre François 1er, ce roi brave et chevaleresque, l'ami des gens de lettres dont il encourageait la familiarité; mauvais politique, mais loyal ennemi, il fut courageux guerrier et favorisa les progrès de l'esprit humain. Galant et beau chevalier, il aima la guerre, les dames et les poètes. *S'il gâta tout,* comme l'avait prédit Louis XII, ce ne fut qu'en politique et nous ne devons pas oublier ce qu'il fit pour les lettres. Loin d'entraver la marche de la civilisation, il la hâta en favorisant l'étude des lettres grecques et romaines tout en retardant le développement de notre littérature nationale. La forme tendit à l'imitation; mais les idées se multiplièrent. Clément Marot, auteur fin et spirituel, lui adressait des épîtres charmantes, dont l'aimable liberté donne une idée de l'estime que François Ier professait pour les lettres.

Mais dans notre histoire littéraire de France, avant que d'arriver à ce temps fameux, combien de pertes n'a-t-on pas à déplorer!

Les ouvrages des Grecs étaient parvenus intacts entre les mains des Romains qui les avaient apportés dans les Gaules, et nous n'en avons plus qu'une faible partie; une foule d'ouvrages latins même n'ont pu échapper à la dévastation répandue partout avec les barbares.

Dans l'intervalle de ces deux grandes époques, on entre par la pensée dans les monastères des *dixième, onzième et douzième siècles,* pour y voir penchés sur leurs pupitres les bibliothécaires du

monde; ces pieux reclus, laborieux copistes qui
dans leurs cloîtres et dans leurs cellules multi-
pliaient les exemplaires des productions de l'antiquité. Sans eux, ces témoins sacrés des progrès
de l'intelligence humaine, nous auraient été ravis
par une puissance dévorante, le temps! Ren-
dons hommage à ces courageux travailleurs. Ils
ont beaucoup fait pour l'humanité; ils ont bien
mérité du monde. S'ils se sont quelquefois livrés
à des actes d'intolérance et même de cruauté, nous
devons les absoudre en faveur de ce qu'ils ont
fait pour les lettres!

Après cette quatrième période nous arrivons à
celle de Louis XIV, dont nous avons déjà parlé;
cette période semble réunir tous les genres d'illustrations, résumer toutes les gloires des quatre
précédentes.

Cette époque grandiose doit certainement beau -
coup à la perfectibilité naturelle de l'homme; mais
il serait injuste de refuser à Louis XIV la part
qu'il a prise à l'élan prodigieux de l'esprit humain
sous son règne. Il savait deviner et apprécier le
vrai mérite; amant passionné de la gloire de son
pays, n'avait-il pas au plus haut degré le sentiment du beau! A sa voix une foule de grandes no-

tabilités dans tous les genres se presse autour de lui; c'est un magnifique carousel où Racine, Boileau, Lafontaine et Molière, l'*inimité*, viennent combattre; le prix de la lutte, c'est un sourire du maître, voilà le faible de ces sommités littéraires. Louis XIV s'était fait centre. Tous les fils du réseau social venaient aboutir à lui, et celui qu'il négligeait se brisait parce que l'opinion publique n'était pas souveraine, comme de nos jours; le public n'était ni assez instruit ni assez puissant pour faire au poète une existence morale, indépendante de la cour; au dix-huitième siècle Racine ne fût pas mort d'une bouderie de Louis XV comme il est mort d'une bouderie du grand roi. Alors l'opinion commençait à devenir une puissance.

Il y a quelque chose de féérique dans cette grande époque; allons entendre Tartufe à l'hôtel de Bourgogne vis-à-vis Procope. Suivons Molière chez le grand roi. Nous le verrons d'abord dédaigné par la foule des courtisans, puis fêté, adulé lorsque Louis, juste apréciateur du peintre des mœurs et des travers de son temps, lui donne une marque éclatante de son estime en l'admettant à sa table en présence de la noblesse qui, serviette sur le bras, sert Molière et le roi. Molière l'histrion,

Molière le poëte, Molière le roturier, l'homme
du peuple !... Grand scandale, la noblesse est hu-
miliée. Rassurez-vous messieurs les *Talons rouges*,
car il s'agit de l'auteur du Misanthrope, et vous
ne serez pas souvent humiliés de la sorte.

Voilà l'hôtel de Rambouillet, ce bureau d'esprit, où Chapelain est tenu pour un oracle où
Pradon est proclamé le vainqueur de Racine, aux
douces mélodies. C'est-là que nous verrons se former la cabale qui fit tomber la Phèdre de l'auteur
d'Athalie. Nous entendrons madame de Sévigné
prophétiser la fin prochaine de ce qu'elle appelait l'engouement du public pour Racine et le café.
Et nous lisons toujours Racine et nous prenons
toujours du café.

Mais tout est prêt pour une représentation d'A-
thalie à l'école de St-Cyr, tâchons d'obtenir accès
au théâtre des nobles élèves de la veuve de Scarron
et laissons-nous aller aux émotions douces, vagues
et profondes, aux sensations délicieuses produites
par la musique des chœurs et la musique du style.
Et les soupers d'Auteuil dont un académicien
nous a fait une si jolie peinture; et le bon Lafontaine, aimable et insouciant conteur, moraliste
profond en même temps que l'émule heureux de
Boccace et de Phèdre. Je le vois au pied d'un arbre

par une pluie abondante ; il s'est oublié là, il sourit en terminant un de ses charmants apologues,
il habille un syllogisme, il donne un passeport pour
les salons à quelque dure vérité. Et les conquêtes
de ce siècle merveilleux, et Versailles et les arcs
de triomphe, et l'hôtel magnifique des vieux com-
pagnons de gloire du roi; mais c'est un siècle de
féerie!.... Oui, et si l'on regarde au fond des
choses, si l'on met de côté le sublime, le grandiose
de ce siècle, son histoire militaire imposante, son
histoire littéraire la plus riche, la plus variée entre
toutes; si l'on porte sa vue sur le peuple, on le voit
courbé dans la misère, ne satisfaisant qu'à *grand
renfort* de travail et de sueurs aux exigences d'un
roi prodigue du sang et de l'or de ses sujets, et la
révocation de l'édit si funeste dans ses conséquences
industrielles, et la dette affreuse qui commença
à creuser le gouffre où vint s'abîmer et se perdre
une monarchie huit fois séculaire. Oui, c'est jus-
que-là qu'il faut faire remonter le 89 de la France.
Ah! le bonheur des peuples devrait être la seule
splendeur des rois.

Le siècle qui suivit celui de Louis XIV forme
notre dernière époque de l'histoire littéraire universelle. C'est le siècle de l'examen, de l'analyse;
après lui la synthèse!

Malgré la tendance matérialiste qui fut dé-
terminée par Voltaire, Diderot, Dalembert, etc.
on vit bientôt s'élever cette littérature *spiritua-
liste* de l'Allemagne, cette littérature rêveuse
qui, née d'hier, compte déjà tant de productions supérieures. Cette littérature qui a donné
aux auteurs de notre époque cette teinte mélancolique et sentimentale, éminemment poétique quand elle est pure, éminemment burlesque
quand elle est exagérée. Elle a ouvert des voies
nouvelles qui furent parcourues avec plus ou moins
de bonheur, par nos écrivains dont l'allure devint plus nationale.

# Deuxième Partie.

Dans la première partie, après avoir fait le rapide historique des vicissitudes de notre langage, nous sommes arrivés à la grande époque de Charlemagne, où nous avons vu poindre les premières lueurs de notre littérature nationale. De là nous nous sommes avancés à grand pas, et nous avons rencontré le douzième siècle qui fournit des documens si précieux, si fortement empreints d'un cachet d'enthousiasme religieux qui leur donne de la vigueur et de la poésie.

Les prédications de saint Bernard peuvent être considérées comme les premiers essais réguliers de notre langue nationale ; saint Bernard n'est cependant pas le premier qui ait prêché en langue vulgaire ; car le concile de Tours ordonnait aux évêques de traduire en langue romane les Homélies des Pères. Les sermons de saint Bernard étaient remarquables par l'élévation des pensées et la pompe du style ; ils sont, avec quelques rares productions de ces temps d'activité prodigieuse qui laisse si peu de place à la vie calme et paisible des lettres, les essais, comme nous l'avons dit, les plus anciens dans notre langue nationale.

Il faut dès à présent tenir compte de l'influence du système féodal sur la marche rétrograde de l'esprit humain. Ce fut sous le règne de Charles le Chauve que l'aristocratie, maintenue dans l'obéissance par la main ferme de Charlemagne, commença à s'affranchir du pouvoir royal. Elle créa le réseau fort et puissant de la féodalité qui modifia sensiblement les mœurs ; elle eut à soutenir bien des luttes pour se conserver dans son despotisme primitif. Elle donna naissance à une foule d'usages plus ou moins bizarres qui firent, avec les superstitions religieuses, la base du merveilleux de notre poésie. Il est curieux de voir comment elle naquit

de la faiblesse et de la profonde ignorance des successeurs de Charlemagne. La France, alors, dé-
chirée au dedans, menacée au dehors fut en proie à
toutes les calamités qui peuvent affliger une nation.
Les monuments des sciences, des lettres et des
arts ne durent leur salut qu'à l'oubli dans lequel
on les laissa pendant longues années. Toutes les
misères qu'amènent l'ignorance et le fanatisme
vinrent fondre à l'envi sur notre malheureux
pays.

On peut affirmer hardiment que, sans les Croisades qui redonnèrent du ton et de la force morale à la nation, la puissance physique aurait
triomphé par la féodalité, et nos ancêtres seraient
peut-être pour jamais retombés dans la barbarie.

Vers la fin du deuxième siècle cependant Ro-
bert-le-Pieux ranimait le goût de l'étude. Il excita de nouveau les laborieux copistes à reprendre
leurs utiles travaux. L'éloquence sacrée brilla d'un
assez vif éclat; la controverse éguisa l'esprit et
porta vers l'étude les imaginations vives qui sen-
tirent le besoin de cette base solide de tout raisonnement. Ce n'était point assez, il fallait au
corps social, une vigoureuse commotion pour le
sortir de son engourdissement.

Souvent les grands bouleversements considérés
superficiellement dans le lointain des âges semblent

3

avoir entravé la marche de l'espèce humaine vers
la civilisation, et quand on regarde bien au fond
des choses on aperçoit qu'il faut du mouvement
au corps social; que sans les grandes époques de
collision intérieure ou extérieure, il tomberait dans
un repos léthargique funeste à son bonheur. Il
faut aux peuples de la liberté comme à l'homme,
et non pas un calme trop profond. La consé-
quence d'une trop longue inaction est une sorte de
paresse morale et physique qui émousse leurs facultés, et bientôt ils deviennent la proie du despotisme; c'est ce qui arriva dans les premières
années de la féodalité. Il faut des excitants aux
nations; car leur vie morale deviendrait débile et
languissante; l'abrutissement de l'esclavage et
peut-être la mort de la société seraient la consé-
quence de leur indifférence et de leur mollesse.
On a dit que l'excès de civilisation conduisait les
nations aux mêmes résultats; mais pour arriver à
cette civilisation exagérée, à cette période de la
vie des nations, il faut qu'une fraction de la société plus habile que le reste, prenne du bonheur
pour elle seule, et fasse concourir le plus grand
nombre à son bien-être exclusif; et ce genre de
despotisme qui arrive à la suite de la civilisation
entretient dans les masses une sorte d'excitation

morale qui prépare leur régénération. Les hommes, sous cette tyrannie, produit d'une civilisation trop tendue, conservent de l'énergie en conservant de l'instruction, et tôt ou tard survient une collision interne qui bouleverse les existences, mêle et confond tout ce que l'orgueil avait séparé, et la société se forme de nouveau ; elle ne meurt pas pour cela, elle se modifie plus ou moins profondément. Au contraire, dans l'engourdissement qui vient de l'ignorance, lorsque les forts sont aussi peu instruits que les faibles, il y a vraiment imminence de mort pour la société. Dans les premières années de la féodalité, nous étions parvenus au premier degré du marasme politique et de l'anéantissement. Mais l'exaltation religieuse et l'esprit militaire amenèrent les croisades qui relevèrent l'esprit humain en changeant la face de la France sous le rapport politique, en préparant son avenir littéraire. Ces grandes et aventureuses excursions firent beaucoup de bien à notre patrie en la débarrassant d'une multitude de seigneurs despotes, dont la mort fit des vides dans la hiérarchie féodale qui se trouva entamée. L'institution perdit de sa force, les rois commencèrent à respirer un peu, et les peuples jouirent de quelque repos. Les études se ranimèrent, la France compta beaucoup d'hommes

distingués, parmi eux grand nombre de poètes.
Aux premières époques de notre littérature nationale, c'est la poésie qui nous offre le plus de
monuments à examiner, à mettre en parallèle; la
poésie est le premier langage des peuples.

La France vit naître dans ces temps reculés
quelques-unes de ces hautes intelligences qui cul-
tivent avec succès plusieurs branches des connais-
sances humaines. Elle eut entre autres le savant
et infatigable Gerbert. Cet homme célèbre à plus
d'un titre ouvrit à Rheims une école ou son premier élève fut le fils de Hugues Capet. Gerbert
était versé dans les sciences et dans les lettres;
grand orateur, bon mathématicien, il introduisit
chez nous le chiffre arabe. A cette époque la
langue latine dégénérée était la langue des écrivains les plus studieux, des prêtres, des moines et
de ceux qui se livraient à l'enseignement. Mais les
poètes heureusement, toujours jaloux des suffrages
de la foule, pour être compris du plus grand nombre
furent obligés de se servir du langage *roman*.
Bénissons cet amour de l'approbation publique;
car il fit que le cours de notre littérature nationale, si jeune et si débile encore, ne fut pas interrompu.

Les romans du Brut, et de la Table Ronde,

une multitude d'ouvrages sur la chevalerie, signa-
lèrent cette époque. Au douzième siècle, les lettres
commencèrent à briller d'un assez vif éclat. Louis-
le-Gros, par l'affranchissement des communes, ce
premier triomphe de la bourgeoisie, domina la
puissance de l'aristocratie et fit faire un premier
pas à liberté si favorable aux travaux de la pensée.

Louis-le-Jeune et Philippe-Auguste surtout
fixent l'attention, le premier par les efforts qu'il
fit personnellement pour la propagation des lumières; le second par son règne brillant qui mit
en mouvement toutes les imaginations guerrières
et poétiques (*). Il faut bien tenir compte dans ces
temps reculés, et jusqu'à Louis XV exclusivement,
du patronage royal que l'opinion publique rem-
place aujourd'hui.

Il faut aussi enregistrer les efforts des corps
enseignants, outre l'institution de notre antique
université qui contribua pour sa part aux progrès des lumières, les Bénédictins dont l'ordre
remonte au cinquième siècle se montrèrent les
zélés propagateurs des sciences et des lettres. Leurs

(*) Ce remarquable ouvrage de M. Capfigue sur cette époque vraiment épique en révèle toute la poésie plus encore que le poème de
Parceval.

immenses travaux fournirent une foule de documents précieux. Au douzième siècle, ils jetaient un éclat qui fit honneur à la France.

Ce fut à cette époque que Guillaume de Champeaux, Abailard, Héloïse et tant d'autres illustrèrent notre patrie; mais, il faut le dire, les travaux de ces notabilités de la science et des lettres firent du tort à notre littérature nationale, ils en retardèrent le développement par leur haute érudition qui les rendit dédaigneux du langage vulgaire.

Dans ce beau siècle, les poètes seuls se montrèrent les vrais auteurs nationaux, avec quelques prédicateurs qui, comme eux, se servirent du *Roman* pour entrer en communication avec le peuple. Les jongleurs, les chanteurs et les ménétriers poètes à la suite ternirent un peu l'éclat de cette époque. Mais il vaut mieux un peu moins de perfection et un peu plus de nationalité.

C'est aux sociétés nomades des ménestrels que nous devons rapporter l'origine de notre littérature dramatique. Certes il y a loin des *jeux* et des *miracles*, aux conceptions de Racine, de Molière et de Voltaire. Il y a la même distance, qu'entre une figure druidique et une statue de Ca-

nova. Mais il est curieux de suivre dans ses déve-
loppements et dès son origine la littérature dramatique la plus féconde en émotions vives?

Dans le treizième siècle, sous Louis VIII et
St-Louis, les esprits reçurent une vive impulsion.
St-Louis ouvrit une bibliothèque publique au tré-
sor de la Sainte-Chapelle; il en était presque le
conservateur; il y venait converser avec ceux qui
s'y rendaient et les dirigeait dans leurs études ou
leurs recherches. C'est à ce temps que remonte
l'institution de la Sorbonne qui prit son nom de
son professeur Robert de Sorbonne, confesseur
de St-Louis. La Sorbonne rendit d'abord de grands
services et finit par gêner le développement de
l'esprit humain.

On trouve à examiner de cette époque importante un nombre prodigieux de poésies et de romans. C'est un vrai bonheur que de se jeter au
travers de cette foule naïve, spirituelle, piquante
et animée.

La poésie était tellement en honneur que les
romans étaient écrits en vers. Le fameux roman de
la Rose commencé par Guillaume de Lorris réclame
l'attention, il a fixé celle de toutes les générations
qui nous ont précédé; c'est un reste curieux
de l'âge où il fut composé.

Je ne résiste pas au plaisir d'en citer un passage qui donnera une idée de la poésie et de la littérature du XIII<sup>e</sup> siècle; c'est le commencement du portrait de *Dame-Beauté*:

> Cette dame avait nom Beauté
> Qui point n'était noire ne brune
> Mais aussi clère que la lune
> Est envers les autres étoiles
> Qui semblent petites chandelles:
> Tendre chair eut comme rosée
> Simple fut comme une espousée
> Et blanche comme fleur de lys;
> Le vis eut bel, doux et alis
> Et estait grêle et alignée;
> Fardée n'était ne pignée
> Car elle n'avait pas métier
> De soi farder et nettoyer:
> Cheveux avait blonds et si longs
> Qu'il lui pendaient sur les talons;
> Beaux avait le nez et la bouche,
> Etc., etc., etc.

A cette époque si riche en poésies nationales, on mettait tout en vers, jusqu'à l'histoire. Philippe Mouskes versifia celle de France.

Le monastère de St-Denis, fondé par Suger fit beaucoup pour les lettres. Joinville, Villehardoin et beaucoup d'autres écrivains donnèrent du lustre au XIII<sup>e</sup> siècle.

A cette époque mémorable où les lettres furent généralement cultivées dans le langage national, où le latin devenu la langue des savants était en honneur parmi eux seulement, on remarque déjà dans les compositions un esprit satyrique et frondeur qui semble être inhérent au caractère français.

Après cette période les malheureuses guerres d'Angleterre retardèrent les progrès de notre littérature; mais elle aurait triomphé des obstacles qu'elle rencontra, elle aurait encore fait quelques pas en avant sans le fléau qui vint travailler les esprits d'alors : La scolastique.

Erreur bizarre, funeste abus du raisonnement sans la raison, la scolastique, formée du mélange de la théologie et des doctrines d'Aristote, retarda la civilisation en donnant aux esprits une fausse direction.

Dans le quatorzième siècle l'amour de la poésie se ralentit, et cependant les *jeux floraux* prirent naissance sous le nom de *Gaie société des sept troubadours* ; ce fut plus tard que cette académie reçut celui de *jeux floraux.*

Sous Charles V la poésie se ranima ; elle fut dès le règne de ce roi cultivée par un grand nombre de femmes dont quelques productions charmantes de grâce et de sensibilité sont venues jusqu'à nous.

La ballade, le sonnet, le rondeau, le virlai, re-montent à cette époque où brillèrent Froissard, Nicolas Flammel, Alain Chartier et Jean de Meun, continuateur du roman de la Rose où il prodigua la satyre aux femmes dont il eut peine à éviter la colère.

On est frappé de la grâce que déploya Froissard comme poète. On admire la souplesse de son style.

C'est vers ce temps que l'on commença à tra-duire les auteurs latins en langue vulgaire, disons en Français.

Charles V réunit une bibliothèque de 900 vo-lumes traitant tous, malheureusement, d'astro-logie.

Tous les ouvrages qui composent la richesse littéraire de cette époque jusqu'à Louis XI ne sont pas à beaucoup près arrivés jusqu'à nous; nous avons fait surtout des pertes très-regrettables dans les productions littéraires des femmes. Les œuvres de Clotilde de Surville ont échappé au naufrage; c'est tout récemment qu'on a découvert ses aimables et faciles compositions, et chaque jour de savants investigateurs se glorifient de quel-que précieuse découverte, grâce à l'impulsion donnée récemment aux esprits.

Née du temps de Charles VI dont le règne et la vie furent si malheureux, Clotilde nous a laissé des modèles de grâce touchante, qui révèlent son ame pure, élevée et tendre. Voici des vers à son enfant :

O cher enfautelet vray pourtraict de ton père
  Dors sur le seyn que ta bousche a pressé ,
Dors petiot : clos amy, sur le seyn de ta mère
  Tien doux œillet par le somme oppressé.
Bel amy, cher petiot que ta pupille tendre
  Gouste un sommeil qui plus n'est fait pour moy.
Je veille pour te veoir, te nourrir , te défendre,
  Ainz qu'il m'est doux de veiller que pour toy.
  Dors mien enfantelet, mon souley, mon idole !
Dors sur le seyn , le seyn qui ta porté
Ne m'esjouit encor le son de ta parole.
  Bien ton soubriz cent fois m'aye enchanté !
Me soubriraz amy dès ton sommeil peut-être
  Tu soubriraz à mes regards joyeux...
Ja prou m'a dit le tien que me savait cognestre ,
  Ja bien appris te mirer dans mes yeulx.
Cher petiot , bel amy, tendre fils que j'adore
  Cher enfançon, mon souley, mon amour.
Te veois toujours, te veois et veux te veoir encore.
  Pour ce trop bref me semble nuit et jour.

Cette pièce est empreinte de tant de charme, qu'on se défie vraiment de l'authenticité du manuscrit, et qu'on va jusqu'à supposer que cette poésie délicieuse n'a été livrée au public qu'après avoir été retouchée par une main habile, qui,

sans lui ôter la couleur de son temps, lui a donné
une rédaction et une pureté qui vous mettent en
défiance. Mais Clotilde de Surville dont l'éduca-
tion avait été faite avec un soin scrupuleux par
une femme célèbre, Clotilde de Surville devançait
son époque, elle était supérieure à tout ce qui
l'entourait. C'est ce qui explique le charme, pour
ainsi dire, anticipé qui est répandu dans ses vers.
Et remarquons cependant que son siècle fut fécond en auteurs distingués.

Vers ce temps la littérature italienne commença
à prendre son essor, elle devint brillante et variée.
Elle donna au monde littéraire l'un de ces génies
rares et puissants qui font époque dans les siècles.

Noble prélude au siècle de Léon X, l'auteur
de la divine comédie, Dante, excita l'admiration
des Italiens et conquit l'estime du monde par son
génie mâle, terrible, et si profondément satyrique.

Revenons à notre littérature nationale. Une
foule de romans parurent à cette époque en même
temps que la traduction de Boccace faite pour
amuser Charles VI. Parmi les romans nous cite-
rons celui *des trois Pélerinages*, le pélerinage de
l'homme, celui de l'ame, celui de Jésus-Christ.

Le *Roman des trois Maries*, le *Petit Jean de Sintré* et *Robert-le-Diable*.

Les mystères, ces ébauches encore bien informes de littérature dramatique, faisaient depuis long-temps les délices de nos ancêtres, lorsque leurs représentations furent régularisées et légalisées par des lettres patentes.

Les *Clercs de la Basoche* et les *Enfants sans Souci*, exploitèrent dans leurs représentations cette précieuse disposition à la gaîté que possé-daient comme nous nos ancêtres. Mordantes et satyriques, leurs compositions qui portaient les noms de *Farces* forment avec leurs *moralités* les fondements de notre comédie.

Les *Mystères*, plus sérieux et plus graves, doi-vent être considérés comme les premiers essais du genre tragique.

Le barreau prit un essor rapide, les études qui s'y rapportent furent cultivées avec soin; mais l'éloquence de la chaire fut au-dessous de sa haute mission; il semble que le clergé regrettait alors ce qu'il avait fait jadis pour le progrès; il entravait les études, il entretenait la supersti-tion, et l'on voit quand on s'occupe des ser-mons de ce temps, où la poésie brilla d'un assez vif éclat, que le clergé d'alors favorisa et prépara la *réforme* par le dévergondage et le cynisme de ses prédications, de ses écrits et de ses mœurs ; les temps heureusement sont bien changés surtout en France.

Avec quel intérêt ne voit-on pas arriver une période féconde en événements immenses qui changent la face du monde moral, modifient les études, les idées et précipitent les améliorations sociales. D'abord l'invention de la poudre et des armes à feu, modifia les nations dans leur existence morale et physique et par conséquent exerça quelqu'influence sur les lettres.

L'usage des armes à feu dans les guerres, du consentement de tous, rendit les combats moins meurtriers, il changea les principes de la stratégie qu'il rendit plus compliquée, et qui devint science ; mais l'influence la plus directe et la plus salutaire qu'eut cet usage sur la vie des peuples c'est qu'il augmenta leur bien-être, en laissant s'accroître la population. L'agriculture fut moins négligée, la civilisation y gagna ; et les lettres s'en ressentirent ainsi que les arts et les sciences.

Une découverte bien plus importante cependant suivit celle dont nous venons de parler ; et c'est depuis l'époque ou elle apporta ces bienfaits au monde que l'espèce humaine marcha de progrès en progrès, et que le développement de sa perfectibilité fut à peine momentanément interrompu.

C'est à l'Allemagne qu'appartient l'honneur de la découverte qui hâta le plus la civilisation parmi les hommes; on a tout dit sur l'importance de l'imprimerie.

Cet art parut d'abord tenir de la magie, et valut à ceux qui voulurent l'introduire des persécutions nombreuses qui accusent notre tendance à regarder toujours notre âge comme le plus avancé, et à croire que c'est folie de prétendre vouloir mieux faire que nous. La cupidité, et le bouleversement de quelques existences furent bien pour, quelque chose dans les persécutions, car les copistes ne durent pas se voir ruiner sans murmures. C'est l'histoire de toutes les inventions.

Une opinion généralement répandue et que nous partageons nous-même c'est que la barbarie est désormais impossible avec le secours de l'imprimerie. Cependant quand on y réfléchit bien, on voit que le nombre de ceux qui profitent des grandes collections de livres qu'on a pu faire depuis cette belle découverte, n'est pas augmenté dans la proportion de l'accroissement du nombre des ouvrages de l'esprit. On reconnaît aussi que de mauvaises institutions ne développant point assez les facultés morales d'un peuple, ce peuple attache peu d'importance aux Bibliothèques qui sont mises à sa disposition, il n'en sent pas tout le prix et n'utilise pas les vérités qui sont, pour ainsi dire, sous sa main. En définitive l'imprimerie ne retarderait pas l'envahissement de l'ignorance et par suite, de la barbarie, là où le despotisme serait profond ; nous en avons des exemples en Europe.

Ce qui doit donner aux nations toute la somme de bonheur et d'instruction qui est nécessaire à leur développement moral, c'est la rapidité des communications des peuples et des individus entre eux ; elle fera plus pour la perfectibilité que l'imprimerie elle-même.

Un autre événement qui vint modifier aussi l'esprit des nations et lui donner une impulsion nouvelle fut la découverte de l'Amérique ; malheureusement les Espagnols portèrent le fer et le feu là où ils devaient répandre les bienfaits de la civilisation ; ce n'est que long-temps après Colomb et Améric-Vespuce que les lettres retirèrent quelque profit de cette grande découverte.

Louis XI établit la poste et favorisa l'introduc-
tion de l'imprimerie en France, mais nous res-
tâmes à l'égard de cette dernière, bien au-dessous
des Italiens.

Sous Charles VIII et Louis XII notre littérature reprit son essor brillant.

Après la prise de Constantinople par Mahomet la
dispersion des savants Grecs, et leur exil furent on
ne peut plus favorables aux lettres en général; mais
nuisirent au développement de notre littérature
nationale, qui avait reçu une vive impulsion de
tous les grands événemens qui se pressaient à
cette époque si mémorable.

Un génie supérieur vint tout à coup jeter au
milieu d'une société déjà si puissamment remuée,
une nouvelle condition de progrès.

Luther en introduisant la réforme basée sur
l'examen, porta tous les esprits à la controverse,
sépara les penseurs en deux camps, et produisit
une véritable révolution qui fut favorable aux
lettres. Il fit naître l'esprit de critique qui eut tant
de conséquences politiques.

Les querelles religieuses, les controverses vives
à l'occasion du schisme d'occident détrônèrent la
folie de l'astrologie judiciaire, aberration de l'es-

prit plus incroyable encore que la scolastique. Ce
grand mouvement religieux eut enfin trois sortes
de conséquences, religieuses, politiques, littéraires
qui réagirent les unes sur les autres.

Dès avant ce temps célèbre, les lettres qui
furent si estimées, apportaient de l'honneur à
leurs adorateurs, en échange de leurs travaux;
si bien que des princes ne dédaignèrent pas de se
montrer hommes de lettres.

Au commencement du quinzième siècle, Charles
d'Orléans, père, de Louis XII fit de forts jolis
rondeaux et de curieuses ballades. Voici des vers
de lui sur le printemps :

> Le temps a quitté son manteau
> De vent de froidure et de pluie
> Il s'est vêtu de broderie
> De soleil luisant clair et beau
> Il n'y a bête ni oiseau
> Qu'en son jargon ne chante et crie
> Le temps a laissé son manteau ,
> De vent de froidure et de pluie.

Le temps *vêtu de broderies!* C'est bien là une
expression de la nouvelle école, si je ne me
trompe. Elle est vraiment assez pittoresque pour
cela.

On sait que François 1er, quoiqu'on en ait dit,

favorisa le développement littéraire et artistique de la nation.

Ronsard, Belleau, Jodelle, Baïf, Jean Lauval, Dubelloy et Ponthus, formèrent cette réunion d'écrivains hardis et irréguliers connue sous le nom de pléïade française, à l'imitation des Grecs.

On a généralement adopté l'idée que le style bizarre et chargé de ces écrivains a retardé les progrès de notre langue; nous ne partageons point cette opinion; en introduisant une foule de locutions nouvelles et de tours inusités, ils ont au contraire hâté son développement et sa perfection; on pourrait montrer dans nos écrivains les plus renommés pour leur pureté, des expressions et des tournures entièrement dues à la hardiesse de ces auteurs anciens, auxquels on a jeté trop facilement un superbe dédain. D'ailleurs on accordera, qu'un néologisme successif, mais épuré, pouvait seul donner à notre langue, si parfaite sous une plume bien taillée, la faculté de se prêter à toutes les nuances de la pensée humaine.

Comment ne pas reconnaître tout ce que les lettres et la philosophie doivent à Michel Montaigne qui vécut sous dix rois depuis François 1er.

La richesse de son expression, la profondeur de

sa pensée qu'il dut surtout au *nosce te ipsum*, la
finesse de son style sont connus de tous les vrais
amis de notre gloire littéraire.

On a beaucoup critiqué le style des auteurs de
cette époque, mais on n'a pas senti qu'il était tout
ce qu'il devait être alors. Quand on étudie l'histoire littéraire on doit, après avoir tenu compte
des variations du style, s'attacher aux pensées
des écrivains; c'est ainsi que l'on peut voir les
progrès de l'esprit humain, sa marche tantôt lente
tantôt même rétrograde, quelquefois hâtée et rapide. Souvent des auteurs remarquables dans l'histoire des progrès sont long-temps négligés à cause
de ce qu'on appelle leur mauvais style, eu égard
même à celui de l'époque, et il se trouve qu'un
jour on apprécie ces écrivains pour leurs pensées;
alors ils viennent occuper une belle place dans la
hiérarchie des notabilités littéraires. Témoin Ra-
belais, qui a rebuté plus d'un critique, et dont on
connaît maintenant tout le mérite et toute l'importance.

Depuis François 1er on remarque l'invasion morale des Grecs et des Romains dans notre littérature. Jodelle et d'autres auteurs font des essais qui
les rapprochent plus ou moins des écrivains de l'an-

tiquité. La poésie commence a s'imprégner de mythologie antique.

Dubartas, Desportes, l'un des favoris de Henri III qu'il avait suivi en Pologne, brillèrent de quelque éclat. Mais voyez : Desportes était comblé d'honneurs et de richesses, et selon ce que nous apprend Balzac, à la même cour, le Tasse eut besoin d'un écu et le demanda comme aumône à quelqu'un de sa connaissance.

Clément Marot, Desportes et Dubartas sont les poètes de transition qui nous amenèrent Malherbes à qui on a voulu faire une gloire immense comme fondateur.

Malherbes n'est pas plus à nos yeux le fondateur de la poésie en France, comme on l'a dit, que Clément Marot, ou l'auteur du roman de la *rose*, Guillaume de Lorris. Les poètes de l'origine de notre poésie, en sont seuls les vrais fondateurs ; et faire tant d'honneur à Malherbes c'est professer une erreur.

Considérons que Malherbes est pour ainsi dire l'œuvre de ses prédécesseurs, sans eux il n'aurait point existé comme poète déjà châtié et correct.

Ne dirait-on pas que telle ou telle partie de

notre littérature sort complète et irréprochable du
cerveau d'un Jupiter littéraire. Etrange idée,
notre littérature est un grand et bel édifice où
chaque auteur apporte sa part de construction,
édifice bigarré, grande cathédrale aux mille détails,
curieux, aux vitraux de mille couleurs, chacun
de nos auteurs y a mis sa pierre plus ou moins bien
taillée, et plus de mille écrivains en ont jeté les
fondements. Les pères de notre poésie nationale ne
sont ni les Malherbes, ni les Racan, ni les Desportes, ni les Marot; mais les troubadours et les
trouvères. Elle remonte à leur époque pour, de
là, grandir, se fortifier et briller de plus en plus.

Ce n'est pas que Malherbes ne fut un écrivain
du premier mérite, il était poète élégant, philosophe instruit et moraliste profond.

Ses œuvres sont pleines de charmes et de hauts
enseignements. Ces deux strophes sur les rois sont
sublimes:

> Ont-ils rendu l'esprit, ce n'est plus que poussière
> Que cette majesté si trompeuse et si fière,
> Dont l'éclat orgueilleux étonnait l'univers;
> Et dans ces grands tombeaux où leurs âmes hautaines
> Font encore les vaines
> Ils sont rongés des vers.
> Là se perdent les noms de maîtres de la terre,
> D'arbitres de la paix, de foudres de la guerre.

Comme ils n'ont plus de sceptre ils n'ont plus de flatteurs ;
Et , tombent avec eux d'une chute commune
Tous ceux que la fortune
Faisait leurs serviteurs.

Le brave et spirituel Henri IV accorda sa haute protection aux gens de lettres; moins patient que François 1ᵉʳ il punit de l'exil d'Aubigné qui exagéra un peu la franchise. Le poète historien alla finir ses jours à Genève, ce refuge des notabilités littéraires qui boudent ou que l'on disgrâcie.

Vers cette époque parut le roman de l'*Astrée*, qui jeta dans notre société le goût de ces sortes d'écrits d'amour si en honneur sous Louis XIII.

Mairet, Voiture, Balzac qui ont précédé le grand siècle de Louis XIV, sont dignes de l'examen du littérateur par leur valeur intrinsèque d'abord et parce que, sur la fin de l'empire, ils ont eu des imitateurs qui imprimèrent à notre littérature un cachet de nationalité qui plut par son air de nouveauté. Les œuvres des auteurs de ce temps, les écrits de ceux du moyen âge et la littérature allemande sont les sources de l'école moderne, avec le christianisme, cette admirable puissance si pleine de poésie , dont Victor-Hugo, Chateaubriand et Lamartine ont vivifié leurs écrits, nobles gloires de notre âge.

Au milieu des querelles qu'a suscitées l'apparition de la nouvelle école, cherchons toujours l'empreinte française, le sceau de nationalité, qui caractérisent les productions de tous nos écrivains.

Jamais le reproche d'avoir travaillé en dehors de notre nationalité, n'a été plus prodigué que de nos jours. Les écrivains romantiques surtout ne l'ont point épargné aux auteurs classiques ; ce reproche est-il fondé ?

A entendre quelques auteurs de la nouvelle école les productions classiques ne seraient que de serviles imitations, presque de pâles productions. Leurs auteurs se traînent, disent-ils, dans l'ornière tracée par le char des Grecs et des Romains. Cependant il nous semble que notre littérature française n'a jamais été à ce point imitatrice qu'elle perdît sa physionomie particulière, son cachet à elle. Aux époques diverses de son existence elle a toujours conservé l'empreinte de nos mœurs, elle s'est toujours montrée nationale.

Corneille n'a-t-il fait que copier les anciens ? Oh ! dira-t-on, Corneille.... c'est bien différent, il a imité Lopez de Vega. Oui, il a traité quelques sujets maniés déjà par le poète Espagnol. Mais on nous accordera que c'est créer que d'imiter comme l'auteur du *Cid*. Eh! bien, puisque Corneille n'a pas cessé de conserver le cachet national en imitant un Espagnol, pourquoi d'autres écrivains auraient-ils perdu toute nationalité en imitant avec le même bonheur les Grecs et les Romains? C'est que, dira-t-on, la littérature grecque et romaine est l'expression de sociétés fort différentes de la nôtre; tandis que la littérature espagnole est le fruit des mêmes mœurs, des mêmes croyances, des mêmes préjugés que les nôtres. Mais dans les *Horaces*, Corneille n'a point imité les anciens qui n'admettaient point l'amour dans leurs tragédies. Cette œuvre est la conception d'un génie fort et puissant qui s'est créé des mœurs presque imaginaires; car nous sommes forcés de regarder comme très-douteuses, toutes les belles choses que les *historiens* nous *content* des commencements de Rome. Oui si Corneille eut un tort ce fut de ne point choisir des sujets nationaux; certes il aurait trouvé dans la société féodale des éléments dramatiques assez forts pour le développement de son génie. Toujours est-il que dans cette pièce immortelle, il ne s'est trouvé sur les traces de personne, il est donc resté Français.

Et la majesté, la noblesse, la douceur à la fois
dont les pièces de Racine sont imprégnées, est-ce
chez les anciens qu'il en a trouvé le secret et la
source? non assurément il n'y a rien de pareil
dans l'antiquité. Tout cela est sorti de sa grande
âme qui réfléchissait un grand siècle.

Et cette tragédie toute philosophique, toute
didactique, si l'on peut dire ainsi, cette tragédie si
féconde en leçons de morale et de politique; est-
ce dans Eschyle, Sophocle, Euripide ou Sénèque
que Voltaire en a trouvé le type? pas davantage,
elle est éminemment Française.

A quoi donc se réduit l'accusation de servi-
lisme absolu? à un reproche que voici : Nos auteurs dramatiques se sont renfermés dans le cercle
étroit et mystérieux des trois unités trouvées on
ne sait comment, imaginées par qui, pressées
du texte d'Aristote à grand renfort d'imagination.

Mais ces entraves, ne pouvaient-ils pas facilement les briser, et si malgré elles, en dépit de
ces obstacles, ils sont sortis avec honneur des dif-
ficultés qu'ils avaient regardées comme néces-
saires, n'est-ce point une nouvelle preuve de la
haute portée de leur génie?

Certes en brisant toute entrave, l'art devient plus accessible, sinon plus facile; qu'arrivera-t-il, c'est qu'il y aura plus d'appelés; mais y aura-t-il plus d'élus, dans la postérité?

Le défaut que l'on peut avec raison reprocher aux auteurs appelés classiques, c'est d'avoir négligé nos chroniques qui les auraient fait entrer, pour ainsi dire, dans la vie de nos ancêtres si pleine d'éléments dramatiques.

Voilà la faute grave qu'ils ont commise généralement, elle a été exploitée, par les esprits prévenus ou peu attentifs, au profit de cette idée ainsi formulée : la littérature française a perdu sa nationalité, sa physionomie. Vraiment cette assertion n'est point exacte; que si de la tragédie on passe à l'étude de nos auteurs comiques, l'assertion se trouve bien moins sérieuse, et tombe d'elle-même. Voyons!

Si la littérature est l'expression de la société, comme on l'a dit tant de fois après M. de Bonald, quelle société fut mieux et plus complètement représentée que la nôtre par la scène comique. Jamais aucun peuple eût-il ses mœurs, ses usages, ses ridicules, toutes ses allures enfin et toutes ses physionomies plus fidèlement tra-

duites sur le théâtre? Depuis le profond Molière
jusqu'à l'auteur de l'Ecole des Vieillards, c'est
une riche galerie toute nationale d'auteurs mo-
ralistes, combattant nos défauts et nos vices en
riant.

Aristophane, Ménandre, Plaute, Térence, fu-
rent-ils leurs maîtres? Non, la comédie peint les
mœurs locales, et les mœurs du temps; à l'excep-
tion de quelques types éternels dont la physionomie seule est mobile, les lois, les usages et les
mœurs se modifient de mille façons diverses. Le
peintre varie ses tableaux à mesure que les ori-
ginaux se succèdent; et ces tableaux ont un cachet
qui leur est propre, un timbre national.

Non, il n'y a pas eu de lacune dans la succes-
sion des compositions vraiment Françaises, point
d'anneau brisé dans la longue chaîne des écrivains nationaux, point de solution de continuité.

Si les auteurs Français ont eu le tort de
traiter des sujets Grecs, ils les ont empreints du
caractère de leur nation. Cela est si vrai qu'ils
ont plus d'une fois altéré la vérité historique et
la tradition de la Fable.

Nos auteurs classiques n'avaient pas besoin de

cette sorte de justification ; mais j'aime à penser qu'elle ne paraîtra pas déplacée ici. Quand on parle de notre littérature nationale, il est bon de constater la nationalité quelque peu contestée de l'une de ses gloires les plus brillantes.

Mais il est bien essentiel aussi de reconnaître la nationalité de la nouvelle école, malgré le superbe dédain qu'affectent pour elle les auteurs vieillis dans les succès ; car nous adoptons toutes les gloires Françaises.

La dénomination d'*Ecole Romantique* vient du nom de la langue du moyen âge, la langue romane ou romance ; et l'origine du nom est aussi l'origine du genre. Le Christianisme, la féodalité et la chevalerie en sont les sources pour le fond. Cette école doit différer nécessairement de celle qui l'a précédée, et qui s'est légèrement empreinte de la littérature grecque et romaine sans cesser d'être Française.

Voici l'une des causes de cette dissemblance : Pendant le dix-septième siècle et surtout pendant le dix-huitième, notre morale, notre religion furent à peu de chose près comme chez les Grecs et les

Romains, le culte d'une élégante sensualité qui
ne s'adressait qu'au positif de la vie, qu'au pal-
pable de l'existence. Dans les dernières années
de l'empire, et sous la restauration, l'école romantique appela à son secours le Christianisme,
qui s'adresse au contraire aux profondeurs de
l'âme et annonce une vie nouvelle après la mort
des sens. Du culte grec devait naître quelque chose
de net, de clair, de régulier comme les magni-
fiques périptères des anciens; de la disposition
rêveuse où porte le Christianisme et la philosophie allemande qui y fut bien pour quelque
chose, devait surgir un genre de composition
vague, incertain, mystérieux, comme les sublimes
basiliques du moyen âge.

Cette littérature, rêveuse, contemplative, in-
décise quoique profonde, jetée qu'elle fut en
France au milieu de notre vie extérieure et frivole,
devait exciter quelque rumeur. Ceux qui la lan-
çaient ainsi, presque sans l'annoncer, devaient
s'attendre à quelque résistance et craindre de l'in-
troniser avec tyrannie.

Dans le premier tumulte de l'agression on a
rendu injure pour injure; au lieu de raisonner,

on a combattu. Chacun a voulu pour les siens tout le champ de bataille au lieu de le partager. Une grande partie de la nation, peu contemplative de sa nature, s'est montrée trop violente envers les innovateurs.

On a traité de rêveries vides, une poésie de mystère et de vie morale, une poésie de l'âme. Encore sous l'empire de la poésie du dix-huitième siècle, imbus que nous étions de la métaphysique de Condillac, nous concevions peu ces compositions *spiritualistes*, si attachantes, si fructueuses pour l'âme.

Deux causes contribuèrent à donner le droit de bourgeoisie à cette poésie. La première fut sa couleur politique qui la fit prôner tout d'abord par beaucoup de gens qui ne la comprenaient pas, la seconde, c'est que nous portons en nous une disposition morale qui devait bientôt nous faire apprécier ces conceptions rêveuses : l'amour de l'*infini*.

En effet nous sommes naturellement portés à nous élancer dans des idées grandes, lointaines et profondes. Cette tendance à nous promener par la pensée dans l'avenir, dans l'espace, dans le vague; cet entraînement irrésistible qui nous fait pénétrer au sein des vastes forêts; ce charme que nous éprouvons à contempler la mer dans son lointain, à écouter, pour ainsi dire, le silence des nuits dans la campagne, les immenses bruits des grandes scènes animées de la nature physique, trahissent en nous l'amour de l'*infini*.

Il faut donc admettre que tous ceux dont cette faculté ou cette disposition est très-développée, ceux qui résistent le plus difficilement à cette sorte d'attraction, doivent avoir de la prédilection pour les ouvrages qui retracent l'idée de l'*infini*.

Ceux qui n'ont pas cette espèce d'intuition humaine, ce sixième sens interne, ont dû dire : Mais cela est inintelligible.

Accoutumés à une vie extérieure prodigieusement animée, comme celle des Grecs et des Romains qui vivaient tout en dehors, nous n'étions pas préparés à la mélodie de ces lyres plaintives. Bouleversés par des événements immenses, si nous nous étions renfermés en nous-mêmes, c'était pour songer à réunir autour de nous toutes les conditions possibles de bien-être extérieur.

Mais peu à peu cette nouvelle modification de notre littérature nationale a dû trouver des appréciateurs, elle s'est acclimatée, elle a rencontré son public à elle, sans renverser l'autel classique dont les abords ont été plus déserts.

Les prétentions de l'un ou de l'autre genre à un règne exclusif seraient exagérées.

L'un plutôt que l'autre ne peut point s'attribuer le monopole de la *poésie* et j'entends ce mot dans sa signification la plus large. Ecoutons l'un des plus illustres chefs de l'école moderne, Schlegel.

« Ce sera toujours, dit-il, une vaine préten-
« tion que celle d'établir le despotisme en fait
« de goût, et une nation ne pourra jamais impo-
« ser à toutes les autres les règles qu'elle a peut-
« être arbitrairement fixées. »

Nous devons reconnaître les deux écoles comme nationales, puisqu'elles sont l'une et l'autre l'expression d'une société modifiée.

D'ailleurs la France par sa position géographique mixte, position qui influe plus qu'on ne pense sur les lettres, la France doit admettre les deux écoles rivales de notre littérature, elle

5

peut briller dans l'une et l'autre. Elle peut passer alternativement de la littérature brillante du midi à la littérature rêveuse du nord ; d'ailleurs elle se montre éclectique en poésie, et dit avec le poète :

*Tous les genres sont bons hors le genre ennuyeux.*

# LETTRE

## DE JEAN REBOUL A JULES PAUTET.

✻

# Lettre de Jean Reboul

A L'AUTEUR.

Nismes ce 1ᵉʳ août 1836.

Monsieur,

JE vous remercie des marques de sympathie que vous voulez bien m'accorder et j'accepte avec beaucoup de plaisir la dédicace de votre pièce de *la Roche Percée*. Si vous croyez que mon nom ait quelque pouvoir pour fixer l'attention du public, non seulement je vous le livre, mais je serai fier de le voir en tête de vos vers; dans l'assistance que deux célébrités littéraires m'ont prêtée, j'y ai vu non seulement un bonheur pour moi, mais encore une haute leçon : l'assurance de l'art à l'art, partout où il peut se trouver. Je ne vous donne, monsieur, que ce que j'ai reçu; ou plutôt je reçois en donnant; car votre poésie, monsieur, fera beaucoup plus d'honneur à mon nom que ce que mon nom peut lui en faire.

Dès que l'activité de ma correspondance, fruit d'une récente publication, se sera un peu ralentie, je tâcherai de répondre à votre honorable invitation.

Agréez, etc.

# UN MOT.

Jeté de bonne heure dans les luttes ardentes de la presse militante j'ai recueilli bien des témoignages honorables de sympathie; mais aussi que d'inimitiés âcres et aveugles ont cherché, dans la sphère de mon action politique, à donner le change sur mon véritable caractère. Que de fois je me suis indigné d'être méconnu ou calomnié lorsque je ne sentais au fond de mon cœur que de nobles mouvements.

Je me suis retiré de ces terribles mêlées avec
la conscience tranquille d'un homme qui a accompli son devoir avec fermeté, sans haine et
sans crainte. J'ai demandé aux lettres qui m'ont
consolé de bien des peines et qui m'ont offert un
port heureux après les irrésistibles entraînements
des passions, après les jours orageux d'une ardente et vive jeunesse, après les mille déceptions
qui suivent nos premiers pas dans le monde, j'ai
demandé aux lettres comme de fraîches verdures
après les aridités du désert, comme de doux murmures de fontaines après les terribles ardeurs
d'un chemin au milieu des laves d'un volcan; et
les lettres m'ont accordé ce que je demandais.

Mais combien de fois me sont revenues en mémoire les pensées suivantes qu'écrivait l'un de nos
publicistes les plus distingués en reproduisant mon
chant intitulé, Découragement, *à ma mère :*
( *Précurseur du* 20 *mai* 1834 ) « C'est la pein-
« ture trop fidèle des angoisses de beaucoup
« d'âmes que le malheur des temps a jetées hors
« de leur voie, et qui trouvent sur leur chemin
« au lieu des calmes méditations de la science ou
« des rêves de la poésie, les violentes secousses
« d'un vie de passions. Hommes doublement mal-
« heureux ! que la haine frappe sans qu'ils

« sachent haïr; que l'ambition ne peut consoler
« des amertumes de la lutte; dont le courage au
« milieu de ces invincibles fatalités n'est qu'une
« douloureuse et obstinée résignation; et l'am-
« bition, la lueur lointaine d'une vérité vers la-
« quelle les pousse la conscience.

« Hommes dignes d'une grande et noble pitié!
« que la nature fit pour les douces émotions de
« la famille et de l'amitié, et que les orages de
« la vie séparent violemment de toute amitié et
« de toute famille! qui combattent la poitrine
« nue et le cœur découvert contre des enne-
« mis cuirassés de haines méchantes et de froides
« calomnies! tristes débris de la tempête, qui
« resteront sur le champ de bataille de nos dis-
« cordes civiles, comme un problème pour la
« postérité de cette époque de transition, la-
« quelle, par une dernière injure du sort, ne
« saura décider si ces hommes furent bons comme
« le disent les échos de leur voix! ou méchants,
« comme le dira l'écho de la calomnie! etc. etc. »

Ceux qui prêteront l'oreille aux *échos de ma
voix* sauront dire ce que je suis; car ces échos
sont ceux de mon ame. Avant de jeter ainsi dans
l'immense torrent de la circulation, ces feuilles,

dépositaires de quelques unes de mes pensées, j'ai
attendu que d'honorables suffrages vinssent m'en-
hardir ; outre l'article dont j'ai cité une partie, outre
la reproduction d'un grand nombre de pièces
dans les recueils et les journaux littéraires, beaucoup de notabilités de l'art ont bien voulu donner
à mes travaux leurs honorables sanctions ; les deux
plus précieuses pour moi, sont les paroles encou-
rageantes du premier poète de l'époque, Victor
Hugo et celles de l'auteur de cette admirable
poésie de l'ame, intitulée : L'*Ange et l'Enfant*
qui fait le tour du monde, traduite dans toutes
les langues et comprise par tous les peuples parce
qu'elle est l'émanation d'un cœur religieux, pur,
candide et comme divin, et que partout les
hommes sont les mêmes, ils se laissent bercer
aux paroles sacrées des hommes inspirés.

# PENSÉE DU SOIR.

A M. JULES V....

Attendez que la terre ait cessé de pleurer,
Je chanterai peut-être au lieu de soupirer
Tout est sombre à présent , voilà pourquoi ma lyre ,
Pourquoi mon ame est triste et ne sait pas sourire.

JULES LE FÈVRE.

# Pensée du Soir.

L A nuit, de nos vallons, monte sur la colline ;
Le bruit mondain du jour meurt avec l'*Angelus* ;
J'entends encor le pâtre.... et je ne l'entends plus...
C'est l'heure où le regret sur la tombe s'incline.

Le soir quand le soleil s'éteint en des flots d'or,
Quand ses rayons d'adieu nous éclairent encor,
Redoutant les plaisirs où le monde se noie,
Où mon cœur a puisé long-temps la folle joie,
Je gravis la colline, et l'immense horison
Aux splendides tableaux étonne ma raison.
Dans un profond lointain les Alpes fantastiques,
Les créneaux du Jura noircis de bois antiques
Conservent un reflet des feux mourants du jour;
Le Mont-Blanc le dernier, comme une immense tour
Montre sa triple cîme; on dirait du grand homme
L'ombre pâle, debout; ce colossal fantôme
Qui vient troubler encor sur leur trône les rois!
Sa main n'a plus d'épée et sa bouche de voix:
Que craignez-vous? Son nom? Oui: car l'homme prodige
Les fit tous si petits qu'il ôta leur prestige
Aux pouvoirs d'ici-bas. Ils sentent dans leur main
Leurs sceptres aujourd'hui; les auront-ils demain?...
Ils se disent tremblants: Ah! conjurons l'orage,
Celui qui nous vainquit, lui-même a fait naufrage,
Lui... roi d'un nom si grand que la postérité

Le croira dynastique et par cent rois porté.
Des Pharaons obscurs, sous de hauts sarcophages,
Dorment dans leurs cercueils en foule; et le héros
Dont l'épopée immense étonnera les âges !...
A peine un peu de terre à recouvert ses os
Qu'Albion dans sa peur donne à garder aux flots.


Large et profond, ce siècle est un torrent qui passe,
Qui nivèle un vieux monde et devant soi le chasse;
Qui veut l'arrêter prend un inutile soin,
Et nul ne lui diras : Tu n'iras pas plus loin !
Et je me plaindrais, moi, quand tout s'écroule et tombe !...
Oh! c'est que ma douleur est profonde, et la tombe
Seule peut l'effacer. Aux vents des passions
Mon âme a fait naufrage, et de larges sillons
Marquent mon front courbé qu'a vieilli la tempête.
Au souffle du trépas je livrerai ma tête
Avant l'âge d'adieu. Tout à trompé mon cœur !
Je voudrais être seul, seul avec ma douleur.
L'infortune pour moi n'est point une chimère
Une lyre idéale où court ma plainte amère :

A moi tout à menti!.... tout fut déception;
Jeune encor, je suis veuf de toute illusion.

O toi! des champs du ciel tendre fleur détachée,
O toi! qui, chaste et pure, à ma vie attachée,
Seule restas fidèle à mes plus tristes jours,
Ta vie encor sera limpide dans son cours;
Et pour moi l'existence est comme une ironie,
Comme à celui qui souffre une ardente insomnie.

Mais je l'espère au moins, après la mort des sens
Tout ne meurt pas en nous; je le crois; je le sens!....
Non, tout n'est pas caché sous la funèbre pierre
Et notre âme se joint à la haute lumière
Qu'ils appellent destin! Ah! si c'est une erreur,
Qu'elle nous soit sacrée, elle épure le cœur

C'est par-delà nos jours l'étoile d'espérance ;
Elle adoucit nos pleurs, trompe notre souffrance ;
C'est un heureux mystère au-delà du tombeau,
C'est un reflet des Cieux au lugubre caveau.

La nuit, de nos vallons monte sur la colline ;
C'est l'heure où le regret sur la tombe s'incline ;
Le bruit mondain du jour meurt avec l'*Angelus*,
J'entends encor le pâtre et je ne l'entends plus !....

# AMÉLIE DE MONTFORT.

## TRADITION.

#

Le soleil était rouge à son coucher ce soir.
                              Victor Hugo.

Ecoutons!... Le timbre sonore
Lentement frémit douze fois.
                              Amable Tastu.

# Amélie de Montfort.

## I.

Avez-vous vu la biche blanche
Errer autour du vieux château? *
Sur cette pelouse qui penche
Elle a paru près de l'ormeau.

* Le château de Montfort dont les ruines sont situées sur la gauche du chemin de Semur à Montbard fut construit vers la fin du onzième siècle par Bernard de Montfort, familier de Hugues I<sup>er</sup>, duc de Bourgogne.

En revenant de la veillée
Passez loin des tours de Montfort,
Jeunes filles ! sous la feuillée
On entend un râle de mort !


Cette biche, c'est la baronne
Qui vient encore parmi nous ;
Elle était belle, elle était bonne ;
Mais jaloux était son époux.
Oh ! c'était une noble femme,
Sa voix retentissait à l'âme
Comme une parole des cieux ;
Elle éclairait la vie au regard de ses yeux.
De Frédéric l'injuste défiance
Désenchantait et rendait malheureux
Tous ses jours ; et pourtant sa vertu, sa constance
Avaient désespéré plus d'un cœur amoureux.


Hautain baron, gentil trouvère,

Joli page au front noble et pur,

A l'œil ardent, à l'âme fière

Que rendent fou deux yeux d'azur,

Nul n'avait pu de sa paupière

Faire tomber regard d'amour ;

Regard d'amour qui nous enivre,

Regard d'amour qui nous fait vivre

Beaucoup de jours en un seul jour !

Combien de fois par sa prière,

Dans la vieille chapelle à la gothique tour,

Elle implora Marie et demanda son père !...

Elle cachait à tous sous l'abri du saint lieu

Et sa longue tristesse et sa douleur amère,

Et nul ne sut ses pleurs..... sinon son père et Dieu !

Guillaume de Nassau chérissait Amélie

Sa fille infortunée ; au destin d'un époux

D'un grand nom, mais brisé par les ans et jaloux,

Comme au vieux tronc rugueux clématite jolie,

Par malheur il avait attaché son destin.

Frédéric-Casimir, farouche palatin,

S'était fermé le cœur de sa douce compagne

Par ses soupçons jaloux et ses emportements.

Souvent la nuit dans la campagne

On entendait de longs gémissements.

Avez-vous vu la biche blanche
Errer autour du vieux château?
Sur cette pelouse qui penche
Elle a paru près de l'ormeau.
En revenant de la veillée
Passez loin des tours de Montfort,
Jeunes filles! sous la feuillée
On entend un râle de mort.


II.


Un soir la châtelaine attendait son vieux père;
Du sommet crénelé de la plus haute tour
Ses yeux au loin erraient au chemin solitaire.
Frédéric inquiet de son air de mystère,
Dans l'ombre l'observait.... —Hâtez votre retour,
Disait-elle à voix basse : Ah! la lune est sanglante!...
Je crains quelque malheur...Votre marche est trop lente
Venez! je vous attends, je veux verser mes pleurs
Dans votre sein; vous seul connaissez mes douleurs,

Vous savez mon secret, et vous calmez mon âme !....
Je vois des cavaliers.... ils quittent de Chaumour
Les chemins périlleux.... Ah ! du plus pur amour
Je sens battre mon cœur !... Déjà son page !— Infâme,
S'écria Frédéric qui lui saisit le bras,

    Le nierez-vous encor, madame,
Votre amour criminel ? suivez, suivez mes pas !...
Il l'entraîne mourante, elle ne suivait pas.

    Bientôt après, de la tour octogone,
On entendit sortir des cris et des sanglots....
Mais elle pardonna : car elle était si bonne !

.  .  .  .  .  .  .  .  .  .  .

    Le son du cor réveille les échos;
    Dans l'avenue aux noyers centenaires
    Trois cavaliers lugubres émissaires
        Portant les insignes du deuil,
Chevauchent lentement vers le portail ogive;
Leur front trahit, baissé, la douleur la plus vive !
Le pont-levis s'ébranle; ils franchissent le seuil;
Les pas de leurs chevaux éclatent sous la voûte.
Ranimée à ce bruit, la châtelaine écoute;
Elle a séché ses pleurs; elle va le revoir
Celui qu'elle chérit, en qui son cœur espère,
Celui qui la protège et qui l'aime.... son père !
Ce mot est doux et pur comme le vent du soir;
Elle aime à le redire. Et puis quand le silence

Succède au bruit des pas, heureuse elle s'élance
Dans la salle d'honneur!... — Mon père?... il est ici!
Dites-le moi... parlez... ne restez pas ainsi!....
Mais non, ne parlez pas! vos yeux baignés de larmes,
Ces insignes de deuil qui recouvrent vos armes!... —
Le page alors : — Malheur!... baronne de Montfort,
Guillaume de Nassau, n'est plus!... — Horrible sort!...


Avez-vous vu la biche blanche
Errer autour du vieux château?
Sur cette pelouse qui penche
Elle a paru près de l'ormeau.
En revenant de la veillée
Passez loin des tours de Montfort,
Jeunes filles! sous la feuillée
On entend un râle de mort!


Minuit sonnait, et de ses champs d'albâtre

La lune répandait sa lumière bleuâtre;

Le vent soufflait affreux sur l'aride rocher

Et réveillait la voix qui dormait au clocher;

Il semblait ébranler les murs de la chapelle

D'où le bailly d'Auxois reçut d'un palatin

    , Une arquebusade mortelle:

(Le sire avait voulu s'amuser un matin.)

Sur les murs du château, la baronne Amélie

    Par la douleur accablée, affaiblie,

Paraît; elle s'appuie aux gothiques créneaux;

Sa chevelure blonde au gré du vent s'épanche.

Oh! qu'elle est belle ainsi! sa longue robe blanche

S'agite mollement et déroule ses flots.

Les yeux levés au ciel, à genoux sur la pierre,

Elle fait à la Vierge une courte prière;

    Son dernier mot est encore un pardon;

Puis elle se relève et plus forte et plus fière;

Son œil plonge sans peur dans l'abîme profond

Qui s'ouvre sous la tour!... — Adieu jours de tristesse,

Dit-elle, l'injustice a flétri ma jeunesse!... —

Des pas de Frédéric la tour a retenti;

Il monte lentement, par l'âge appesanti,

Il appelle!... sa voix trahit toutes ses craintes

Et son âme est en proie à d'horribles étreintes;

Enfin près des créneaux il arrive tremblant!...

    Mais il voit comme un linceul blanc

Qui tombe en tournoyant dans l'effroyable abîme,
          Disparaît bientôt et s'abîme!...
Aux cris du palatin : Varlets!... Varlets!... Montfort
Frémit; et tout s'éveille à la voix douloureuse!...
Dans le fossé profond et sur la roche affreuse
Nul débris... point de sang... nulle trace de mort;
          Mais seulement une biche craintive
A la robe de neige a fui comme le vent;
Depuis lors on entend le soir sa voix plaintive,
Car autour de Montfort elle rode souvent.


          Avez-vous vu la biche blanche
          Errer autour du vieux château?
          Sur cette pelouse qui penche
          Elle a paru près de l'ormeau.
          En revenant de la veillée
          Passez loin des tours de Montfort,
          Jeunes filles ! sous la feuillée
          On entend un râle de mort !

# TRISTESSE.

## A MA MÈRE.

✻

Si bien que me voici, jeune encore, et pourtant
Vieux et du monde las, comme on l'est en sortant,
Ne me heurtant à rien que je ne me déchire,
Trouvant le monde mal, mais trouvant l'homme pire.
                    (*Didier*, Victor Hugo.)

# Tristesse.

Dans ce monde, hélas! tout s'altère,
Rien ne se fixe à notre cœur,
Si ce n'est un amour de mère :
    Si ce n'est le malheur.

L'amitié? — N'est rien qu'un mensonge.
L'amour? — C'est une illusion.
Et le bonheur? — Comme un doux songe,
    Une déception!


Ah! vivons, vivons loin du monde
Pour n'être pas froissé par lui!
Mais où fuir? l'égoïsme inonde
    Chaque voie aujourd'hui.


Oui, l'intérêt qu'on déifie
Désenchante et rend âpre et froid,

Et l'on résume ainsi la vie :
    Jouer au plus adroit.

L'or!... du siècle c'est la croyance,
Par lui tout se meut, et pour lui;
On se jette sans prévoyance
    Où son prestige a lui.

Hélas! ne voit-on pas que l'âme
Se flétrit bientôt à ce jeu;
A cette *rouge et noire* infâme
    Dont l'honneur est l'enjeu?

Ah! recherchons la solitude
Pour nous épargner bien des pleurs,

Et que le parfum de l'étude
Endorme nos douleurs.


Oui , demandons à la nature
L'infini , le vague des bois ,
Des mers le solennel murmure ,
Le charme de ses voix.


Sur notre cœur ses harmonies
Soufflent un vent qui rafraîchit ,
Qui flatte nos mélancolies ,
Les berce et les nourrit.


Les lacs , les vallons solitaires ,
Les rochers et les bois ombreux

Sont pleins d'ineffables mystères
    Par qui l'homme est heureux.


Ah! qui nous rendra leur délice,
Leur secret, leur air doux et pur?
Ils offrent contre l'injustice
    Un lieu-d'asile sûr.


Mais notre destin nous entraîne,
Notre vie ardente à son cours
Dans un monde à la chaude haleine
    Qui consume les jours.


Il faut subir avec constance
Le malheur au calice amer;

Un jour vient où la résistance
Brise sa main de fer

# SAINTE MARGUERITE

## OU LA ROCHE PERCÉE.

### LÉGENDE DU PAYS DE BOURGOGNE.

**A Jean Reboul de Nimes.**

Un jour dans la forêt seule il la rencontra ;
Saisissant ses bras nus : « Ecoute Maria !
O belle Maria, nulle de tes compagnes
N'est blanche comme toi, nulle dans nos montagnes.

CH. BRUGNOT.

# Sainte Marguerite

## OU LA ROCHE PERCÉE.

Marguerite écoutait trop long-temps le beau page
Qui chaque jour venait la voir ;
Mais à son cœur, si doux était son doux langage,
Pendant les mystères du soir ,

Aux murmures plaintifs de la claire fontaine,
          Au chant d'adieu du rossignol,
Quand l'Angelus sonnait à l'église lointaine,
          Quand l'oiseau suspendait son vol!...


Non loin de Beaune il est une douce vallée
Pleine de poésie et d'ombrage voilée;
Dans son cours le Roïn y répand la fraîcheur,
Il serpente, des prés courbant l'herbe et la fleur
Qui regardent ses eaux doucement fugitives
          Entre ses inégales rives.
Là paraît Savigny dont l'antique château
Tint long-temps pour Marie, et créneau par créneau *
          Vit tomber ses fortes tourelles
          Que le sire Jehan de Frolois **
          Avait cru fonder éternelles,

---

* Marie, fille de Charles-le-Téméraire, eut de nombreux partisans qui tinrent pour elle en Bourgogne après l'investiture du duché de Bourgogne comme fief masculin, demandée par Louis XI faute d'hoirs mâles, et accordée par les États de Bourgogne, bien que leur souveraine leur eût dit : *Retenez toujours en vos couraiges la foi de Bourgoigne.*

** Jehan de Frolois bâtit l'ancien château de Savigny qui fut démoli par Jean d'Amboise sur l'ordre de Louis XI parce qu'il tenait pour Marie.

Mais qui devaient céder à la puissante voix
De Louis dont les mains royales,
En frappant de la hache aux branches féodales,
Frappaient au tronc la féodalité.
Celle qui sentait dans ses veines *
Couler ambitieux le sang du grand Condé,
A ces ombrages frais, à ces claires fontaines
Redemanda souvent sa chère liberté.


Au milieu du vallon couronné de bois sombres
Au pied d'un mont qui jette au loin ses vastes ombres,
Jaillit sous le feuillage obscur
Du hêtre au front poli, du chêne centenaire,
La *Fontaine Froide* au flot pur.
Pareille à notre vie, et folâtre et légère,
Qui devient calme un jour, et rêvant d'avenir,
Ne demande à la fin qu'espoir et souvenir,
Joyeuse elle bondit dans son bassin de pierre
Elle tournoie et tombe en brillante poussière....

---

* La duchesse du Maine, petite fille du grand Condé, et qui en
avait l'ambition, fut arrêtée en 1718 et conduite en Bourgogne où elle
reçut, dans son exil, une élégante hospitalité au château de Savigny,
qui a été rebâti, tel qu'il est aujourd'hui, par un président au parle-
ment de Bourgogne, au 18e siècle.

Puis elle va, paisible, au tranquille ruisseau
A son eau mariant son eau.


C'est près de ces fraîches cascades
Au temps reculé des croisades
Qu'une damoiselle au cœur pur
Comme le vent du soir, ou d'un beau ciel l'azur,
La jeune et tendre Marguerite
Sous le toit pieux d'un ermite
Dont les sages conseils préservaient de l'erreur,
Le front signé de l'eau bénite
Venait prier, pleurer et dévoiler son cœur. —


L'amitié seule, ô fille trop crédule,
Près de vous a guidé le page aux yeux si doux;
Prenez garde, avec art, de l'amour il calcule
Les progrès dans votre âme, et puis à vos genoux
Il vous demandera le prix de sa constance;
Aujourd'hui c'est un frère et demain un amant!
Croyez-moi, Marguerite, évitez sa présence,
Fuyez-le, vous fuirez un horrible tourment. —

Mais, bon ermite, comment faire
Pour vivre sans plus le revoir
Las ! si triste est notre manoir,
Depuis qu'en Palestine est le seigneur mon père
    Qui pour le Christ combat avec son roi !...
Et puis, avant que Dieu la rappelât, ma mère
Nous permit d'échanger ensemble notre foi. —
Oui, si Rodolphe épris restait toujours le même ;
    Est-il encor digne de vous ?—
O mon père épargnez celui que mon cœur aime,
Celui que je voudrais entre tous pour époux. —
Au milieu des dangers il a quitté son maître ! —
Pour remplir un message. — Il le dit, mais peut-être
Ment-il ! j'ai dans ses yeux des flammes de l'enfer,
Vu briller bien souvent comme un rapide éclair ;
Son rire est éclatant et sa bouche moqueuse,
Sa parole est au cœur funeste, dangereuse !
Il évite toujours la croix du vieux chemin !...... —
Vous me faites trembler, mon père, et dès demain
Je ne le verrai plus. — Dès ce soir, ô ma fille ! —
Hélas ! je ne le puis ! sur cette croix qui brille
A mon cou, j'ai promis ; avec le fauconnier

Et ma vieille nourrice, il faut que je le voie!
Mais avant de partir j'aurai soin de prier. —
Allez!.... Dieu, Marguerite, a tracé votre voie.

. . . . . . . . . . . .

Le soir la vierge suit, tardive, un long sentier;
A de tristes pensers son esprit est en proie....
Elle arrive, un combat se livre dans son cœur
Naïf, entre la foi, l'amour et la terreur. —


C'est toi, c'est toi, ma jeune amie!
Pourquoi donc me tromper ainsi?
Tu m'avais dit que l'ange de ma vie
Vers le soleil du soir arriverait ici
Regarde combien déjà l'ombre
S'alonge dans les prés comme un grand voile sombre.
Mais te voici.... mon cœur battait
En espérant, ô Marguerite,
Et maintenant il bat plus vîte!
Comme une voix du Ciel tout mon  être attendait
Ta voix. Mes yeux plongeaient au loin dans la vallée
Et déjà mon âme troublée
De ton absence s'attristait,
Ton sourire, ô ma bien aimée

Ton regard ! voilà mon bonheur,
Ta joie est mon plaisir, ta douleur ma douleur,
Oh ! t'aimer me suffit, tout le reste est fumée !
Et qu'importe le monde à qui reçut ta foi.
Ces douces fleurs des champs sont moins belles que toi !
Et la brise qui court et bruit au feuillage,
L'onde qui fuit rapide en parlant au rivage,
Les échos des rochers aux sonores parois,
Les mouvements du jour s'éteignant au village,
L'oiseau qui chante encore au fond de ses grands bois,
L'insecte qui bourdonne aux fleurs de la prairie,
Le son du cor lointain, jettent une harmonie

   Moins douce que ta douce voix.

   Parle, oh ! parle ma tendre amie,

   Dans nos cœurs épanchons nos cœurs;

   Mais qu'as-tu donc? sur ta paupière,

   Hélas ! je vois trembler des pleurs !

Ah ! dis-moi ta pensée, écoute ma prière !
Ah ! donne-moi notre heure pour demain !
Quoi ! de ma main tu retires ta main. —
Marguerite en pleurant lui dit : Dans la vallée
Je ne reviendrai plus.... mon âme est accablée;
Mais il faut te quitter, adieu ! Rodolphe, adieu !
Je ne t'oublierai point; mais c'est la voix de DIEU
Qui parle et j'obéis ! — A ce seul mot un rire

        8

Eclatant a couru de vallon en vallon. —

Dieu, dis-tu, s'il était, il faudrait le maudire. —

Marguerite à genoux : l'ermite avait raison !....

Du céleste séjour veille sur moi ma mère ! —

Ta mère ni ton Dieu ne t'entendent.... chimère !

Et vois tes serviteurs, ils sont sourds à ta voix,

Ils passent en riant vers la maudite croix.

Ne me résiste pas, sois à moi pour la vie,

Plus rien n'est au-delà !... sois à moi, sois à moi ! —

Il l'entraîne un instant servi par son effroi ;

Mais de la pauvre enfant la terreur est suivie

D'une force inconnue ; à l'affreux ravisseur

Elle échappe bientôt, elle fuit, et le page

Se jette sur ses pas le cœur rempli de rage,

Il court ; mais la gazelle est bien loin du chasseur ;

Il court en blasphêmant et bientôt va l'atteindre

Contre son cœur brûlant il croit déjà l'étreindre.

De Marguerite, hélas ! les forces vont faiblir,

Son ennemi la touche elle se sent pâlir,

Mais elle se ranime en appelant sa mère ;

En invoquant le ciel dans sa douleur amère !

Du page furieux elle évite le bras,

Et, bonheur, le devance encor de quelques pas.

Lui joyeux s'arrête,
Il rit, il s'apprête
A saisir bientôt
Sa timide proie,
Il bondit de joie ;
Car un rocher clot
Ici la vallée.
La vierge troublée
Cherche son chemin,
Hélas ! nulle issue
Ne s'offre à sa vue !
O cruel destin !
Là dans la clairière
Le page, que faire ?
Ici le rocher ! —
Tombant en prière :
Laisse-toi toucher
O mon Dieu, dit-elle,
Mon Dieu sauve-moi ;
A ta loi fidèle,
Je me donne à toi !....
Le page à la roche
Arrive, s'approche

Et rit aux éclats !.... —
Tu sais courir vîte
Belle Marguerite ;
Mais tes doux appas
N'échapperont pas
A celui qui t'aime
D'un délire extrême !... — 
Oh ! va -t-en ! va-t-en !
Rodolphe ou Satan !...
La vierge se signe,
A ce divin signe
Le page troublé,
Pâle, a reculé,
Et la pauvre femme
Espère en son âme.

C'est vainement, hélas ! de désirs frémissant
Il tend les bras, s'élance et crie en l'enlaçant....
    Mais tout à coup la roche se partage
Offrant à Marguerite un radieux passage.
    A cet aspect le faux page effrayé

Comme un ange sans aile et de Dieu foudroyé,

  Comme au feu d'un bouillant cratère

  Soudain s'abîme sous la terre

  En laissant tomber de sa main

Une chaste ceinture aux ronces du chemin.


A quelques pas du roc, Marguerite, en prière

Revoit avec bonheur l'ermite.... En ce saint lieu

Elle fait de nouveau le serment d'être à Dieu.

Elle reste long-temps à genoux sur la pierre.....

Du soleil qui s'éteint un pâle et doux rayon

Rasant les sommités du bois de Clavoyon

Vient éclairer encor ce solennel mystère....

Là s'éleva plus tard un pieux monastère.

# LES DERNIÈRES CÉRÉMONIES.

IMITÉ DE L'ANGLAIS.

A Madame Pautet, supérieure des Sœurs
de Saint-Vincent-de-Paule,
à Péronne.

:::

. . . . . . Æquo pulsat pede. . . .

HOR., LIB. 1, OD. IV.

# Les Dernières Cérémonies.

## 1.

ARTOUT le glas de mort !... des cloches les volées
Des temples font frémir les ogives voilées,
Le matelot pensif suspend entre ses mâts

Des flammes tristement pendantes sur l'abîme :
C'est pour quelque royal trépas.

II·

Le tambour, noir de crêpe, annonce une victime,
Ces soldats au pas lent, ces fusils renversés,
Le bruit de la mousqueterie
Et la foule sans voix roulant à flots pressés,
Tout dit : c'est un guerrier tombé pour la patrie.

III.

Mais un hymne sacré, psaume religieux,
Réveille les échos ; un simple convoi passe

Au haut de la colline; un chien, la tête basse,
Le suit, seul de son maître il reçut les adieux,
Et le pâtre et le roi tiennent la même place !


## VI.


Voyez près de ces ifs glisser des voiles blancs;
Voyez sur un cercueil la tendre fleur des champs;
A l'amour d'un époux la vierge destinée
     Est morte avant le temps.
Pleurez ! comme un lis pur elle fut moissonnée !
Tous il nous faut subir la même destinée !


## V.


De ces rites de deuil quel est le plus touchant ?

Le *Requiem* des rois ? ou le rustique chant

Sur la bière du pauvre ? ou la fleur virginale ?

Est-ce l'adieu bruyant des soldats aux soldats ?....

Ah ! de notre néant tous ne parlent-ils pas !

Espérance du pâtre, illusion royale,

O mort ! tu brises tout.... l'orgueil, l'humilité,

Les pâtres et les rois, sous ton niveau tout tombe :

Et tu ris en criant, debout sur une tombe :

       Croyez-vous à l'égalité ?....

# L'ORAGE, LA VIE.

## A M. B....... FILS.

✤

Que les cœurs sont ingrats et que bien mieux il vaut,
De bonne heure aspirer et se fonder plus haut.

SAINTE-BEUVE.

# L'Orage, la Vie.

MA lyre à moi c'est le malheur :
Telle qu'elle est je vois la vie,
Un banquet où l'on vous convie
Pour nous frapper tout droit au cœur;

Ou bien un orage qui crie

En nous jetant contre un écueil,

Et nous donne le sable et les flots pour cercueil.

Et, de ma main, quoi ! vous voulez une pensée

Sur votre riche *Album !* mais elle sera là

Comme au milieu des fleurs une feuille froissée !...

La voilà.....


Que j'aime ces longs flots que brise

Du Nord la gémissante brise

Que j'aime ce bateau léger

Qui me berce au sein du danger

Sur une blanchissante vague

Qui me représente le vague

D'un cœur par le doute agité !

Que j'aime ce lac tourmenté !


Je pars sur la foi d'une étoile ;

Le péril ? mon ardeur le voile,

Et je me livre aventureux
A la puissance de ma voile.

. ` . . . . . . .

Mais le vent se déchaîne affreux ;
Ah ! j'ai trop bravé la tempête,
La foudre menace ma tête,
Le mât crie et se brise ! A tes décrets soumis
Je les attends, grand Dieu !... Mais les vents ennemis
Déjà moins furieux glissent sur ma nacelle,
De l'espoir du rivage une faible étincelle
Eclaire mon regard.... hélas ! en vain.... les flots
Qui se brisent au loin font mugir les échos ;
Plus redoutable encor la tourmente s'apprête ;
Des vagues, j'aperçois la menaçante crête....
L'une d'elles... malheur !... arrache de ma main
La rame qui du bord vole en éclats soudain !
Eh ! quoi, nul ne viendra dans ce péril extrême,
Nul, pour me secourir ! A son heure suprême
Ainsi qu'au jour des pleurs, l'homme est abandonné ;
Fêté, s'il est heureux ; et seul, infortuné !....


Mais j'entends près de moi comme une voix amie !
Oh ! c'est toi ! parle ainsi ! que j'aime tes accens !

9

Par eux que la douleur est bientôt endormie !
Ils pénètrent mon cœur, ils raniment mes sens ;
C'est toi qui viens m'aider à gagner le rivage !
Quelle est douce ta voix au milieu de l'orage !
Le vent s'apaise enfin, et le Ciel devient pur,
Le port s'ouvre et le lac a repris son azur.


Ainsi sans boussole et sans guide,
Confiants, le plaisir nous guide
Dans le monde aux chemins glissants
Aux prestiges trop caressants....
Tout à coup l'illusion cesse ;
A la plus entraînante ivresse
Succède, à nous briser le cœur,
La haute leçon du malheur.


Puis viennent la philosophie
Et les pensers d'un sublime avenir ;
L'ame à la raison se confie,
Elle s'élève, elle se purifie,

Et, comme un lointain souvenir,
Comme le flot sous le vaisseau qui passe,
Comme l'oiseau qui fend l'espace,
Comme la nuit quand le jour va venir,
Tout orage en elle s'efface !

# ADIEU RÊVE

## QU'AI TANT RÊVÉ !

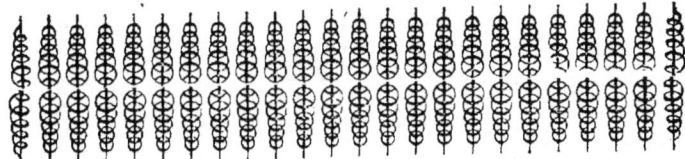

# Adieu rêve qu'ai tant rêvé!

## ROMANCE.*

Un seul instant je l'aurai vue
Hélas! pour ne plus la revoir,
Elle vint briller à ma vue
Comme un rayon menteur d'espoir.

* Cette pièce a été mise en musique par M. Bruet.

## Adieu rêve

Dans mon ame, comme un doux songe,
Lorsque son regard s'est levé,
Il n'y porta rien qu'un mensonge ;
Adieu rêve qu'ai tant rêvé.

Elle fut comme une étincelle
Qui brille au nuage et s'éteint
En présageant à ma nacelle
L'orage qui bientôt l'atteint.

Dans mon ame, comme un doux songe,
Lorsque son regard s'est levé,
Il n'y porta rien qu'un mensonge ;
Adieu rêve qu'ai tant rêvé.

A-t-elle voulu de ses charmes
Essayer sur moi le pouvoir,

Afin de rire de mes larmes
Et de railler mon désespoir ?


Dans mon ame, comme un doux songe,
Lorsque son regard s'est levé,
Il n'y porta rien qu'un mensonge ;
Adieu rêve qu'ai tant rêvé.


Ah ! crois-tu trouver dans le monde
Amour plus ardent que le mien,
Un cœur plus tendre qui réponde
A tous les battements du tien ?


Dans mon ame, comme un doux songe,
Lorsque son regard s'est levé
Il n'y porta rien qu'un mensonge ;
Adieu rêve qu'ai tant révé.

# CHASSE NOCTURNE

## ET PLAINTES DE L'AMIRAL CHABOT.

### A Victor Hugo.

Chaque nuit qui précède la fête de Noël on entend l'amiral chasser dans ses forêts.

*Tradition populaire.*

Chabot eut le malheur de se mêler aux intrigues de Cour, et il en fut la victime.

A. SAVAGNER.

Il mourut le 1ᵉʳ juin 1543, par suite de l'émotion que lui causa la sentence qui le déclarait innocent. *Selon* BRANTÔME.

Voy-le-cy aller, voy-le-cy, va avant, voy-le-cy par les portées, voy-le-cy aller, il dit vray ; il bat l'eau le cerf, il bat l'eau.

LA VENERIE DE IACQVES DV FOVILLOVX,
SEIGNEVR DU DICT LIEV, GENTIL-HOMME
DV PAYS DE GASTINE EN POICTOV.

# Chasse Nocturne

### ET PLAINTES DE L'AMIRAL CHABOT.*

**Tradition. — Histoire.**

## I.

A minuit, lorsque les ténèbres
Jettent de leurs voiles funèbres
Les grandes ombres à nos bois ;

* Dans cette pièce, il y a deux sujets : d'une part, selon la tradition, la Chasse nocturne de l'ombre de l'Amiral dans ses forêts jusqu'à la mort du cerf; d'autre part, les plaintes de Chabot dans sa prison, jusqu'à sa délivrance qui fut promptement suivie de sa mort. Ce morceau a été lu dans la séance publique de l'Académie de Dijon, le 26 août 1836. Les strophes alternent, et ce que l'on pourrait appeler les deux actions, marchent sur deux rythmes différents, l'un rapide pour la chasse, l'autre grave pour l'histoire.

Lorsque des Fidèles la voix
Du Christ célèbre la venue;
Quant la neige à la terre nue
Donne son manteau virginal,
Et que le flambeau sépulcral
De la lune au front blanc, s'élève
Comme dans notre ame un doux rêve,
A Pagny l'ombre de Chabot,
En murmurant passe bientôt.


II.



As-tu donc oublié, Valois, nos jeux d'Amboise,
Notre jeunesse heureuse, ensemble et si courtoise,
Les coups de mon épée aux champs italiens?
Quoi! je gémis captif!... Ah! brise mes liens!
Quand de Bourbon trahit, je te restai fidèle,
Aux douleurs de Madrid se retrempa mon zèle!...
Mais, de ton amitié, toute ta Cour me haït
Et pousse avec Satan la langue de Poyet.... *


* Etant avocat-général, Poyet fit condamner Chabot le sachant innocent.

## III.

Il est minuit, la grande chasse
De l'amiral dans le bois passe ; .
Ecoutez les piqueurs crier
Et l'ardente meute aboyer.
Tous les veneurs à l'assemblée,
Sous la haute voûte étoilée,
Ont fait au sire leurs rapports ;
Il a choisi le cerf dix-cors ;
Sur jambe haut et bien *courable,*
Qui promet chasse délectable.
On entend hennir les chevaux,
Vibrer les cors et les échos !...

## IV.

O mon roi ! je te plains ! aux intrigues des femmes   *
Tu livres ton palais ! Sais-tu pas que leurs ames

* Les femmes ne furent admises à la cour que sous François 1er.

Sont des livres scellés! Leur regard gracieux,
C'est l'orage qu'annonce un bel éclair des cieux.
Tu pleures d'Orléans.... Eh bien! j'ai vu l'abîme
Dans toute son horreur, et j'ai maudit le crime....
Ils ont... par le poison... brisé son avenir!...
Hélas! d'avoir trop vu, la mort doit me punir.


V.


Sur tes pas jette une *brisée*,
Veneur, et vois la *reposée*,
Le cerf est encor loin d'ici....
Non, non, *voy-le-cy*, *voy-le-cy*!
Ton sage limier en silence
Suit l'*erre* et la meute s'élance...
La grande ombre de l'Amiral
Court rapide... On dirait Fingal
Qui glisse à travers les nuages
Et revient, au bruit des orages
Où sa grande ame se forma,
Revoir le palais de Selma.

## VI.

Mais tu le sais, pour toi je donnerais ma vie;
Souviens-toi de ce bras qui frappait à Pavie!...
Au jour où ton courage égala ton malheur,
Quand tu t'écrias : *Tout est perdu fors l'honneur....*
Tu succombas, mais grand comme un héros d'Homère,
Dont la chute ébranlait sur son axe la terre....
Au dur jeu des combats, Charles-Quint cette fois
Fut bien heureux; car Dieu lui fit gagner deux rois.

## VII.

Le cor lointain des veneurs sonne,
Et toute la forêt résonne
Au galop hardi des chevaux.

10

Avec soin levez les *défaux*,

Et toujours gardez bien *le change*,

De ruse le cerf souvent change.

Piqueurs ! piqueurs ! il gagne l'eau,

J'entends au loin bruir l'écho

Des bords sinueux de la Saône;

Il fuit d'aval, l'onde bouillonne;

De nos limiers suivons les pas;

Quand il bat l'eau, le cerf est las.


### VIII.


Moi, j'ai vu des grandeurs le néant et le vide !

J'ai vu courbé bien bas le courtisan avide,

Qui se redresse fier au jour de la douleur,

Et qui vient de son rire insulter au malheur !

Mais toi, FRANÇOIS PREMIER, ton ame est noble et belle,

Et toujours l'infortune eut de vrais droits sur elle.

Chevalier par Bayard ! écoute le guerrier

Qui jamais de l'honneur n'a perdu le sentier !

## IX.

Il suit le fil de l'eau profonde ;
*Passe*, le cerf, *passe*, il bat l'onde,
Et des flots ne sortira pas
S'il sent les piqueurs sur ses pas.
Il fuit la rive avec vitesse ;....
Remettez les limiers en laisse ;
Alors trompé, timidement
Il abordera lentement.
Cachez-vous près de la rivière,
Piqueurs ! et restez en arrière ;
Car sur lui-même il reviendrait
Et par les forts il s'enfuirait.

## X.

J'entends quelqu'un... On vient... Qui me parle de grâce ?..
Je ne crois plus qu'en Dieu !... Devant lui tout s'efface ?...

Mais écoutons... Combien le cachot m'a vieilli !...
Mes sens, tout émoussés, à peine ont recueilli
De vagues bruits !. — Le Roi, Messieurs.. Le Roi s'avance!
Ils m'ont trompé, Chabot !... L'ami de mon enfance,
Viens, oh! viens sur mon cœur !—Ah! Sire, il est trop tard,
Les pleurs hâtent l'instant du funèbre départ !...


## XI.


Retirons-nous, faisons silence,
Pour que le cerf de l'eau s'élance...
Sa force l'abandonne... Au bois
A terre il *tiendra les abois*...
Halali! découplez,... alerte!
En pleurant il court à sa perte.
Mets pied à terre, fort piqueur,
Plonge ta dague jusqu'au cœur !
Il tombe !... il est mort !... La grande ombre
S'évanouit dans le bois sombre !...

Tout bruit s'éteint dans la forêt ,
Et la nuit reprend son secret.

# RÊVE ET RÉALITÉ,

A MADAME PAUTET JULES, NÉE CAMILLE CHANTRIER,

Je suis un sylphe , une ombre, un rien , un rêve ;
Hôte de l'air , esprit mystérieux ,
Léger parfum que le zéphir enlève ,
Anneau vivant qui joint l'homme et les dieux.

A. DUMAS.

# Rêve et Réalité.

LE soir jetté son voile aux splendeurs de la terre
                      Et de notre hémysphère
                      Le soleil disparaît.
Je parcours les sentiers d'une antique forêt.
                      La lune au regard sombre
                      A peine éclaircit l'ombre.

Je n'entends plus au loin que le bruit des ruisseaux
Qui roulent doucement les flots purs de leurs eaux.

Le vent s'endort et dans les airs tranquilles
N'agite plus les rameaux immobiles ;
Tout semble reposer dans le vaste univers ;
Le sommeil a versé sa liqueur enivrante ;
L'envie et le plaisir, la haine dévorante,
Tout sommeille ; et, bercé par des pensers divers,
D'espoir, le malheureux ne sent plus ses revers,
Il rêve une moins triste vie ;
A son plus gai festin le bonheur le convie,
Et moi, je veille tristement ;
Je me dis qu'ici-bas tout ment,
Puis frappé du néant des choses de la terre ;
Je devine à mon ame une plus haute sphère !...
Un son tendre et mélodieux
Qui semble descendu des cieux,
Vient frapper tout à coup mon oreille attentive ;
Je crois entendre une harpe plaintive
Qui soupire du cœur un mystère, un regret....
J'écoute.... une voix murmurait
Mon nom, douce et pareille à la voix d'une femme.
Un bruit de pas a suspendu mon ame !....
C'est elle.... assise auprès de moi :
Tu souffres, dit-elle, pourquoi ?...

Oh! moi, je te suis destinée,

Je ne veux vivre que pour toi,

J'apaiserai ta destinée!

Oui, j'endormirai ta douleur

Et ces vagues élans d'un cœur

Qui cherche un but à l'existence,

Fions-nous à la Providence;

Et si de trop réels malheurs

T'étreignent et forcent tes pleurs,

Mon ame sera ton asile.

Tes jours de fausse joie auront pour jamais fui;

Je serai là comme aujourd'hui

Pour te rendre un bonheur facile... —


Oh! que je voudrais vivre ainsi!

Tu réaliserais mon rêve;

Toujours près de toi comme ici,

Douce et belle comme une autre Eve...

Puis ma main a saisi sa main....
Mais elle s'enfuit comme une ombre
Et disparaît dans le chemin
Au travers de la forêt sombre.

C'était un rêve.... Arrête, ô bonheur mensonger;
  Demeure, ô trop douce chimère,
Contre le désespoir oh! viens me protéger!...
  Hélas ! inutile prière !
La réalité vient, le sommeil disparaît,
  Et ma douce illusion cesse.
  Plus d'aveu, de sombre forêt;
  Et de cette commune ivresse
  Et de ce chaste et frais bonheur,
  Plus rien n'est vrai.... que ma douleur!

Mais un jour le songe
Long-temps se prolonge;

Il n'est plus mensonge
L'ange tant rêvé :
Pareil à l'étoile
Que le vent dévoile
Le soir au long voile,
L'ange s'est levé.

Bientôt vient l'orage
Et des vents la rage !
Sa main au rivage
Guide mon bateau.
Mon cœur au murmure
De sa voix si pure
Bientôt se rassure
Et suit son flambeau.

Sa douceur m'appelle
Au malheur fidèle

Tu souffres , dit-elle,

Eh ! bien , me voilà !

Cherchons loin d'un monde

Que le mal inonde

Retraite profonde ,

Le bonheur est là.

# AU POÈTE DÉCOURAGÉ.

Un soldat sans blessure ne connaît pas la guerre ;
mais se mutiler à plaisir, multiplier délibérément
les cicatrices, ce n'est pas courage, c'est folie.

# Au Poète Découragé.[*]

Un nom, de grâce! un nom! c'est-à-dire un vain bruit,
Peu de chose,... puis rien.... Gloire qu'un jour détruit,
Vapeur qui monte, monte et se perd aux nuages;
Eclair trompeur qui naît et meurt dans les orages!

* Cette pièce a été lue dans la seconde séance publique de la
*Société d'encouragement des Sciences, Lettres et Arts de Paris.*

11

Un nom, de grâce! un nom! c'est leur rêve sans fin,
Qui vole vers le ciel ainsi qu'un Séraphin;
Il attache leur vie à ses ailes dorées,
Il l'emporte, il la berce aux voûtes azurées.....
Dans les profonds lointains de la postérité
Ils veulent être un jour comme de hauts symboles;
Ils veulent que leur nom bruisse respecté;
Ils veulent de l'encens, partage des idoles;
Ils veulent, sans combats, de saintes auréoles :
    Ils rêvent l'immortalité.


Ecoutez ce poète, à qui tout fut mensonge,
Qui vit son avenir tomber songe par songe;
La pâleur sur le front et la mort dans le cœur,
Du vulgaire il maudit l'ignorance et l'erreur;
L'homme lui fait pitié, lui qui, plein de croyance,
Aux cantiques sacrés, à l'encens du saint lieu,
De la terre et du ciel rêvait une alliance;
Il se prend à douter de lui-même et de Dieu,
Puis, le cœur tout saignant, au monde il dit adieu !

O poète divin, dont l'ame noble et fière,
Quand le monde est si lâche et les amis si froids,
Est près de succomber au seuil de la carrière,
Regarde l'avenir, lève ta tête altière,
Laisse le scepticisme aride aux cœurs étroits;
Bientôt tu sentiras s'affermir ton courage,
Tu te jetteras fort au milieu de l'orage,
Prenant pour guide sûr l'étoile du progrès,
     D'un autre Messie, autre Mage;
Ta vie utile alors coulera sans regret.
Dédaigne d'aujourd'hui les gloires éphémères,
     Consacre à l'homme tout tes jours,
     Et tes heures loin d'être amères,
     S'en iront douces dans leur cours?
     Souvent l'homme est ingrat! qu'importe?
     Ne consulte que ta vertu,
     Sers-le, non pour qu'il te rapporte;
     Arrière un dévoûment vendu!

Il ne faut pas plier tes ailes,
Trop de cœurs souffrent ici-bas,
Trop de douleurs seraient mortelles
Si les lyres ne vibraient pas.

L'homme n'a-t-il donc pas une double nature ?
A son ame il faut des plaisirs
D'une essence divine et pure
Pour calmer de ses sens les turbulens désirs.
Tant de matière à son cœur pèse,
Et tant de douleur qui s'apaise
Bercée aux doux accens de ta voix d'inspiré !....
Oh ! chante malgré ta souffrance,
Et tu seras, pour récompense,
Dans l'avenir lointain, du monde révéré !
Et puis l'orage immense gronde,
Annonçant à notre vieux monde

D'un ciel moins ennemi la nouvelle clarté,

> D'autres jours pour l'humanité !

> Bientôt tu trouveras ta place,

Patience ! le temps, si rapide qu'il passe,

> Laisse un germe pour l'avenir.

> L'ère nouvelle va venir

Où l'homme aimera l'homme, où la voix du poète

> Saura jeter dans la tempête

> Ces mots : Amour ! Fraternité !

Sa lyre vibrera toute à la vérité,

> Ne flattant jamais les chimères

> De douleurs faussement amères.

Reste, reste avec nous ; car les temps sont venus

> Où ton cœur ne gémira plus.

> Tu proclameras haut et ferme

L'avenir dont le Christ un jour sema le germe !

> Reste donc : avec fermeté

> Sache accomplir ta destinée !

Tout entière ta vie, amère ou fortunée,

> Est due à la société.

Viens combattre dans la phalange

Qui des hommes veut le bonheur !

Viens , tu seras pour nous l'Archange

Des jours de Jéhova radieux précurseur.

Il ne meurt pas celui qui sert la cause sainte !

Tu veux un nom , dis-tu ? Que la paix soit ta foi ;

Et ne va point, après une stérile plainte ,

Attenter à des jours qui ne sont pas à toi !"

Vapeur qui monte, monte et se perd aux nuages ,

Un nom, de grâce un nom, c'est-à-dire un vain bruit....

Peu de chose.... puis rien,... gloire qu'un jour détruit ;

Eclair trompeur qui naît et meurt dans les orages,

Un nom, de grâce ! un nom , c'est leur rêve sans fin

Qui vole vers le ciel ainsi qu'un Séraphin.

Il attache leur vie à ses ailes dorées ,

Il l'emporte, il la berce aux voûtes azurées !...

Dans les profonds lointains de la postérité,

Ils veulent être un jour comme de hauts symboles ;

Ils veulent que leur nom bruisse respecté ;

Ils veulent de l'encens, partage des idoles;
Ils veulent, sans combats, de saintes auréoles :
Ils rêvent l'immortalité !

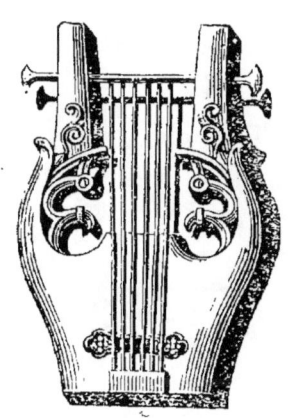

DÉPART.

Tu ne vois pas que l'existence
Pour charmer ta crédule enfance
De roses a paré son seuil,
Et que les larmes goutte à goutte
Un jour arroseront la route
Qui finira par un cercueil !

# Départ.

Ah! je mourrai de ton absence,
Tu pars, mes pleurs sont superflus!...
Mais du moins tu verras la France,
Et moi je ne la verrai plus.

L'existence te soit légère ,

Aimable et tendre passagère

C'est pour l'homme un pesant fardeau ,

Qu'il traîne jusques au tombeau.

Souvent au milieu de la route ,

Il allège son poids; instants fallacieux

Par vous l'homme abusé rêve un instant les cieux ,

Mais ce mensonge, hélas! que de larmes il coute !

Je pleurais à tes pleurs ,

Je riais à ton rire ,

Vers toi j'oubliais mes malheurs.

Que de fois j'ai vu ton sourire

Eclairer ta bouche au sommeil

Et puis errer encor sur ta lèvre au réveil.

C'était un rêve heureux qui caressait ta vie ,

Tu croyais entendre les chants

De la fille de l'Helvétie

Qui te berçait à ses accens :

Souvenirs du chalet, poétique patrie.

Quoi ! vous me l'arrachez , ah ! laissez-vous fléchir !
Voyez ces monts affreux qu'il vous faudra franchir
Pleins de gouffres sans fond que la neige colore
De grâce, auprès de moi , restez , restez encore.

      Restez ici ! le ciel est pur
      Au bord de ce beau lac d'azur ,
      Le géant glacé des montagnes
      Du haut de ces froides campagnes
   Vient se mirer au cristal de son eau.
Restez ! ici l'aspect du printemps est si beau !
Restez , restez ici , jusqu'à l'été nouveau :
      Souvent dans ma barque légère ,
      Rieuse et folle passagère
      Je te bercerai sur les flots....

   .   .   .   .   .   .   .

      Hélas ! tu pars ma voix plaintive ,
En vain en t'appelant frappera les échos !
      Mais mon ame n'est point captive
      En tous lieux elle te suivra ,
      Et comme un sylphe tutélaire
      A ta vie elle assistera !
      Lorsque les chagrins de la terre

Viendront forcer tes jeunes pleurs

Pareille à la plus tendre mère ,

Elle murmurera des mots consolateurs.


Ah ! viens encor dans ma nacelle ,

Le soleil du soir étincelle ,

Il glisse sur le lac et se peint dans tes yeux !

C'est pour t'adresser des adieux !

Mais à chaque aurore nouvelle

Ne te verra-t-il pas ?... moi ?... peut-être jamais,

Loin de toi, ce beau lac, ces Alpes que j'aimais,

Ces rivages fleuris de la belle Helvétie

Dépouilleront tout leur attrait !

Et cependant ici je dois finir ma vie,

Triste exilé rêvant une patrie

Qui seule me consolerait.


Ah ! je mourrai de ton absence,

Tu pars, mes pleurs sont superflus !

Mais du moins tu verras la France

Et moi je ne la verrai plus !

# FUIS,....

## SI TU VEUX GARDER TON CŒUR.

# Fuis!

SI TU VEUX GARDER TON CŒUR. *

'AMITIÉ de sa pure étreinte
Enchaîne son cœur et le tien,
Heureux, tu jouis sans contrainte
Des charmes de son entretien;

---

* Cette pièce a été mise en musique par M. Grast-Gérard, de
Genève, et éditée par Romagnési.

Mais de cette amitié si tendre
Redoute le calme trompeur :
L'amour est là pour te surprendre,
Fuis !... si tu veux garder ton cœur.


Sa voix tendre, touchante et pure
De l'ame efface les douleurs ;
Elle ressemble au doux murmure
Du ruisseau qui court sur des fleurs.
Ah ! crains surtout de trop l'entendre
La voluptueuse douceur :
L'amour est là pour te surprendre,
Fuis !... si tu veux garder ton cœur.


Crains l'amour il est sur sa trace,
Dans le charme de son regard,

Dans son esprit si plein de grâce,
Dans son élégance sans art !
Ah ! crois-moi, fuis sans plus attendre
Loin de cet objet séducteur:
L'amour est là pour te surprendre,
Fuis !... si tu veux garder ton cœur.

# CHANT D'UNION.

# Chant d'Union.

Que cette enceinte soit un port,
   Un fortuné rivage,
   A l'abri de l'orage !
Que cette enceinte soit un port,

Au malheur d'un facile abord !

Soyons unis, nous que ce lieu rassemble;
Nous braverons ainsi l'adversité.
Ah ! sans appui l'homme est si ballotté !...
Marchons serrés tenons-nous tous ensemble.

Que cette enceinte soit un port,
Un fortuné rivage,
A l'abri de l'orage !
Que cette enceinte soit un port,
Au malheur d'un facile abord !

C'est parmi nous que la philosophie,

Loin de servir de masque à la froideur,
Fait préférer l'honorable malheur
A l'égoïsme heureux qu'on déifie.

Que cette enceinte soit un port,
Un fortuné rivage,
A l'abri de l'orage !
Que cette enceinte soit un port,
Au malheur d'un facile abord !

Braves guerriers que des tyrans bannissent,
Venez ici goûter quelque repos ;
Que la Pologne apaise ses sanglots :
Il vient un jour où les peuples s'unissent !...

Que cette enceinte soit un port,

Un fortuné rivage,
A l'abri de l'orage !
Que cette enceinte soit un port,
Au malheur d'un facile abord !


Toi dont le cœur, battu par la tempête,
Désenchanté, ne croit plus au bonheur,
Ah ! viens à nous pour calmer ta douleur !...
N'entends-tu pas cette voix qui répète :


Ah ! viens ! nous t'ouvrons d'heureux ports,
De fortunés rivages,
A l'abri des orages ;
Ah ! viens ! nous t'ouvrons d'heureux ports,
Dont le malheur sait les abords.

# L'ÉGLISE SAINTE-CROIX,

## FRAGMENT DU POÈME DES SÉPULCRES,

### D'UGO FOSCOLO.

—

Traduction libre.

Je vous dirai, montrant à votre vue amie
La ville morte auprès de la ville endormie :
Laquelle dort le mieux ?

VICTOR HUGO.

# L'Église Sainte-Croix,

## PANTHÉON DE FLORENCE.

PLEINS d'immortalité ces lieux saisissent l'âme,
Leur silence éloquent et m'élève et m'enflamme !
Salut séjour de paix, portiques révérés,

      Salut voûte ennoblie
      Par des mânes sacrés.

Ta gloire dans ces lieux n'est point ensevelie,
Toi qui sus dénuder la couronne d'airain
Des rois et la montrer à la terre trompée
Sous les lauriers, de sang et de larmes trempée,
Salut Machiavel, immortel écrivain !
La gisent tes débris Michel-Ange, ô grand homme !
      Génie hardi, poète solennel
Toi qui créas au sein de la moderne Rome
      Un autre Olympe à l'Éternel.


Galilée, à l'aspect de ta cendre sacrée
Je fléchis le genoux : De la plaine éthérée
Tu montras le chemin immense et radieux
      A Newton, ce fils d'Angleterre
      Qui surprit le secret des Cieux ;
Toi qui disais : Malgré vos verroux, de la terre
Je sens le mouvement vaste et silencieux.


Cité de Médicis, ô splendide Florence !

La nature est pour toi prodigue de ses dons,

Les Appennins heureux te versent l'abondance

L'homme est industrieux dans tes riants vallons ;

La lune au front d'argent , de ton ciel orgueilleuse

De sa clarté limpide au loin blanchit tes monts

Diaprés de *Villas* ou la vigne amoureuse

Suspend aux oliviers sa tige sinueuse ;

Ton sol riche et fécond paré de mille fleurs ,

De l'encens le plus doux exhale les vapeurs !

C'est toi Florence , toi qui connus la première

Dante au chant mâle et fort , nerveux et varié ,

Qui savait par son charme endormir la colère

      Du Gibelin expatrié.


Léonard de Vinci , poétique génie ,

Naquit près de tes murs ; ce peintre ingénieux

Qui sut couvrir l'Amour d'un voile gracieux ,

L'Amour que laissaient nu la Grèce et l'Ausonie ,

Et le rendre à sa mère. Honneur belle cité

A toi qui consacras ce temple respecté

      A ces gloires de l'Italie.

Terre qui n'a plus rien , pour un long avenir ,

De son bonheur éteint , de sa gloire flétrie ,

13

Plus rien qu'un souvenir !
Des arts et des combats cette antique patrie
Un jour réveillera ses enfants endormis !
Peut-être dans ton sein noble et belle Florence
Viendront-ils embrâser des feux de la vengeance
Leurs cœurs au joug trop mollement soumis.


Alfiéri, sous ces voûtes sacrées,
Aux grands souvenirs consacrées,
Ta muse aimait à s'inspirer.
Ton ame ardente, en sa douleur extrême
Des maux de ta patrie accusait Dieu lui-même;
Seul ici tu rêvais, tu venais respirer.
Dans ton poétique silence
De l'Arno tu cherchais les bords silencieux;
La pâleur de la mort, ensemble et l'espérance
Sur le front, jouissant et des champs et des cieux.
Et maintenant couchés sous cette galerie
Tes os semblent frémir au seul mot de patrie.
Ah! dans cet asile pieux
Du fond de ces tombeaux j'entends un Dieu qui crie :
Levez-vous! levez-vous! enfants de l'Italie
Soyez unis, l'aigle de vos Césars

Epouvanté fuira devant vos étendards!


C'est le Dieu qui des Grecs vint ranimer la haine
        Contre les Perses, lorsqu'Athène
Consacrait des tombeaux à ses fils glorieux,
Tombés à Marathon, dignes de leurs aïeux.


Nautonnier de l'Eubée en parcourant la plage
        Sous le Ciel de la liberté
        Tu voyais dans l'obscurité
Des fantômes guerriers appeler le carnage,
        Invoquer l'horreur des combats;
Ils semblaient, animés d'héroïques alarmes,
Contre leurs ennemis précipiter leurs pas.
Aux feux de leur bûcher tu distinguais leurs armes.
Dans le silence auguste et vaste de la nuit
        Tu croyais entendre le bruit
        Des voix, des trompettes guerrières,
        Le choc des armes meurtrières;
        Partout les coursiers écumants

Sous leurs pieds broyaient les mourants.
Les airs retentissaient en longs frémissements
Et des cris de la mort et des chants de la gloire
Et des hymnes de la victoire.

EXIL.

Pauvre hirondelle passagère
Qui revient visiter son nid.

Ch. Brugnot.

# L'Exil.[*]

## I.

Сomme toujours, aux heures de souffrance,
          Abandonné.
Las ! j'ai quitté le doux sol de la France
          Où je suis né.

(*) Cette pièce a été mise en musique et éditée par M. Nicolas Bruot, directeur de l'École départementale de chant de la Côte-d'Or.

Mais dans l'exil la vie est trop amère,
Je veux partir;
J'ai, loin de France et d'une tendre mère,
Peur de mourir.

## II.

Beau lac d'azur dont l'eau pure étincelle
De mille feux,
Tu sus ouvrir à ma frêle nacelle
Un port heureux;
Mais dans l'exil la vie est trop amère,
Je veux partir.
J'ai, loin de France et d'une tendre mère,
Peur de mourir.

## III.

De souvenir l'ame émue, attendrie
Lorsque je vois
Le bleu Jura, j'entends de ma patrie,
Comme une voix!
Ah! dans l'exil la vie est trop amère,
Je veux partir,

J'ai, loin de France et d'une tendre mère,
Peur de mourir.


## IV.


Comme à mes pieds cette vague écumante
Qui vient finir,
S'effacera de l'affreuse tourmente
Noir souvenir.
Ah? dans l'exil la vie est trop amère
Je veux partir
J'ai, loin de France et d'une tendre mère,
Peur de mourir.


## V.


Adieu cité, fille du moyen-âge
Qu'arrose l'Aar (*)
Claciers, châlets, Aoste (**) au riant ombrage,
Mont Saint-Bernard,

(*) Berne.
(**) On prononce *Oste*.

Genève, adieu! de vos beautés encore
Pourrais jouir
Mais, j'ai de France un désir qui dévore
Je veux partir!

# ÉLÉGIE.

A
UNE
MÈRE
CHASTE ET PURE,
CES
MOTS
DU
CŒUR

# Élégie

A UNE JEUNE MÈRE.

A peine elle essayait son regard à la vie
    Que son regard était pour vous !
Hélas ! que de bonheur en votre ame ravie
    Quand vous l'aviez sur vos genoux !

Vous la berciez, riante, aux chants de votre enfance
    Et vos yeux caressaient sès yeux,
Vous rêviez l'avenir, et la douce espérance
    Vous le montrait tout radieux !
Mais l'avenir ! qui donc en sonde le mystère?
    Nul, croyez-moi, si ce n'est Dieu !
Quand, du pied des autels, un jour votre prière
    Sous l'abri sacré du saint lieu,
Comme un parfum sorti du calice de l'ame,
    Comme le soupir d'un cœur pur,
Comme un air embaumé, comme une douce flamme
    S'élevait vers le ciel d'azur,
Le Seigneur répondit : — l'ame est une exilée
    Que je rappelle aux parvis saints ! —
Hélas ! par tant de maux la terre est désolée !.....
    De Dieu respectons les desseins.


Au bord de son berceau ne restez plus penchée,
    Levez au ciel votre front abattu,
C'est là qu'il faut chercher cette fleur arrachée
Aux flots d'un monde faux, mime de la vertu.
    Ainsi qu'un ange tutélaire
    Elle veillera sur sa sœur
    Elle veillera sur sa mère

Au cœur candide et pur, si digne de bonheur !

Des choses d'ici-bas admirez l'harmonie
Et des choses du ciel; et laissez vos esprits
Contempler du Très-Haut la puissance infinie.
N'allez pas aux plaisirs dont le monde est épris.
De vos heures livrer le cours chaste et paisible,
Le monde à vos douleurs resterait insensible ;
Il veut rire, le monde, et raille les sanglots;

    Loin de lui, de ses plaisirs faux,

    Dans des retraites solitaires,

    Des ames nobles et sincères,

    Qui consolent de bien des maux,

    Ont un parfum pour la souffrance,

    De doux murmures pour nos cœurs

Elles versent un baume à toutes nos douleurs,
Elles jettent les fleurs d'une fraîche espérance
Au chemin de qui rêve un brillant avenir,
Ou le bercent au bruit heureux d'un souvenir.

    Votre ame est une de ces ames,

Et vous êtes, parmi les femmes
Un calice de pureté,
Auprès de votre époux la chaste solitude
Pour vous est un port où l'étude
Allégera les soins de la maternité !

Aux bois demandez leurs ombrages,
Aux ruisseaux leurs charmants rivages,
Au ciel pur son immensité;
A la nuit sa mélancolie
Aux bleus lointains leur poésie,
Au soir ses intimes secrets.
Oh ! restez, restez loin du monde
Car vous aimez la paix profonde
Et le bonheur sans les regrets.

# ILLUSION,

## SATIRE.

14

# Illusion.

### SATIRE.

O toi, qui m'apparus comme un rêve enchanteur,
O toi, qui vers moi vins aux accords de ma lyre,
Toi, qui voulus sonder les abîmes d'un cœur
Fermé, pareil au livre ou l'on ne peut plus lire,

O toi qui vins jeter à ma vie un parfum,
A mon désert brûlant, comme un regard de femme,
Un nuage doré sur mon ciel toujours brun,

    Comme une ame à mon ame;


Oh! laisse-moi jouir de ton regard divin,
De ta douce parole, harmonieuse et pure,
A ma main qui frémit abandonne ta main;
Que mon cœur inquiet près du tien se rassure.
Mais tu me fuis ainsi qu'un mirage trompeur
Qui montre des palmiers, une onde murmurante,
Mensonge du désert, au pauvre voyageur,

    Dans sa soif dévorante.


Pourquoi m'es-tu venue, ô sylphide de l'air;
Pourquoi m'es-tu venue avec un rire d'ange?
C'était pour ne jeter à mon ciel qu'un éclair
Que tu parus un jour dans ton délire étrange!
Pourquoi m'es-tu venue avec de si doux mots,
Qui coulaient de ta bouche en mon ame ravie,

Pourquoi? Si tu voulais me jeter sur les flots
      Les plus noirs de la vie?


Oh! je maudis ma lyre et je maudis mes chants,
Qui t'ont sur mon chemin souriante amenée,
Tu n'es rien qu'une erreur, rien qu'une fleur des champs
Par le torrent bien loin de ma vie entraînée;
Oh! je maudis le monde et ses déceptions :
La gloire est un vain mot; rien ne laisse de trace,
Et le ciel et l'enfer sont des illusions,
      Le néant seul menace.


Mais je blasphème; oh! non, l'enfer est ici-bas,
Dans ce monde il bruit, sans cesse, à chaque pas :
C'est l'arrêt du destin immuable, inflexible;
Dans ce cratère immense, hélas! que voyons-nous?
Certain riche du riche incessamment jaloux,
Au pauvre qui supplie, hautain, inaccessible,
Courant où brille l'or sans voir si le chemin
A tenir est fangeux, et s'il peut de sa main
Ensemble retenir l'honneur et la fortune;

Mais quittant le premier qui bientôt l'importune,
L'hypocrisie infâme, érigée en vertu,
Criant : il faut sauver, avant tout, l'apparence,
Tombez; mais loin des yeux, sans avoir combattu,
Sans délire et dans l'ombre. Ici l'intolérance
Dans ses temples étroits seuls veut parquer ses dieux;
Au dehors, insensé qui rêve une autre vie,
Fût-il Solon, Thalès, Platon l'harmonieux.
Là de la commandite abus audacieux,
A son banquet la fraude ouvertement convie.
Des révolutions là c'est un parvenu
Dédaignant sa famille et son humble boutique,
Sorti de son échoppe en rampant, demi-nu,
Parlant de *sa maison* dont le blason comique
Aurait en champ d'azur le sac du procureur,
Ou la forge béante au poumon qui frissonne,
Ou du marchand qui rit et les ciseaux et l'aune;
*Talon-rouge* bourgeois, aux plaintes du malheur
Il est sourd et se pâme à l'aspect d'une fleur !
Ce Lucullus d'hier ramassa sur sa route
Des terres et de l'or dus à sa banqueroute;
Cet écrivain sans cœur, Basile-Trissotin,
Ce soir adore un dieu qu'il brisera demain.
L'ignorant qui le loue il le tient pour grand homme,
Au niveau des beaux noms d'Athènes et de Rome;
Le sage qui le blâme est un vil imposteur,

Un zoïle, un jaloux, un calomniateur.

Et ce traitant, qui donc a doublé sa fortune?

Il a vendu son ame, il a vendu sa voix

Et pour tous les pouvoirs crierait à la tribune

S'il entrait par la brigue au temple de nos lois!...


Ah! lorsque notre vie, à l'erreur destinée,

     Rejette ses illusions •

Qui l'ont bercée heureuse et si passionnée,

     Mais des plus nobles passions;

La réalité vient, qui nous montre le monde

     Que partout l'égoïsme inonde;

Et pour le fuir ainsi que ses déceptions,

     Ainsi que l'orage qui gronde,

Nous demandons à Dieu solitude profonde.

# LE JALOUX IMAGINAIRE.

’ai pensé que le caractère du jaloux n’avait point encore été représenté sous toutes ses faces et qu’il restait à le montrer aux prises avec lui-même, se heurtant à de purs fantômes. Othello qui est un type doit être trompé par les apparences; dans cette comédie, au contraire, le jaloux n’a aucun motif de plainte; mais il s’en crée mille par la seule puissance fébrile de son imagination exaltée.

Dans la plupart des pièces écrites sur ce caractère, chacun semble venir en aide au pauvre jaloux, pour faire surgir autour de lui des motifs légitimes ou factices de colère ; si bien que s'il restait sans jalousie il serait un malhonnête homme ; car, si la jalousie fondée est naturelle et honorable ; l'absence de jalousie avec des raisons sûres pour être jaloux est une lâcheté ; mais, sans motif c'est une colère, c'est une folie, c'est une rage ; c'est ce côté du cœur humain que j'ai entrepris de montrer avec unité de temps de lieu et d'action; car, un tel caractère suffit, à mon sens, pour le lien d'une pièce; creuser ce caractère, voilà le but, voilà l'enseignement, voilà l'action.

# LE JALOUX

## IMAGINAIRE,

**Comédie en cinq actes et en vers.**

# PERSONNAGES.

**Arthur**, amant de Camille, homme de lettres.

**Camille**, jeune veuve, amante d'Arthur.

**Oscar**, jeune officier, frère de Camille.

**Constance**, amie de Camille, promise à Oscar.

**Alfred**, jeune militaire, frère de Constance.

**Cécile**, femme-de-chambre de Camille.

**Dubois**, valet d'Arthur.

Un **Valet** de la maison de Camille.

La scène est à Paris, dans la maison de Camille.

# PREMIER ACTE.

# Acte Premier.

Le théâtre représente un salon fermé; porte vitrée et croisées au fond qui laissent voir un jardin. Portes latérales; fauteuils, table avec tapis, écritoire, livres, etc.

## SCÈNE PREMIÈRE.

ARTHUR, seul, agité.

ELLE feignait d'aimer! quelle noire imposture!
Avec un autre amant sa rapide voiture
L'entraîne loin d'ici... Je lisais dans ses yeux
Du bonheur de trahir les charmes odieux.
Oh! les femmes! Médire et tromper, c'est leur vie.
Cécile!... Cachons bien toute ma jalousie.

15

# SCÈNE DEUXIÈME.

## ARTHUR, CECILE.

CECILE.

Qu'a donc monsieur Arthur, comme il paraît troublé,
De quelque grand malheur serait-il accablé?

ARTHUR.

Tu te trompes Cécile... Où donc est ta maîtresse?

CECILE.

Je l'ignore, monsieur.

ARTHUR.

Je le sais, moi, traîtresse.

CECILE.

Alors, sur ce secret, pourquoi m'interroger?

ARTHUR.

Cécile, explique-toi, tu le peux sans danger.
Parle, de grâce, parle! éclaircis ce mystère.

CECILE.

Du mystère! une femme?... Oh! non, jamais, chimère!

ARTHUR.

Nieras-tu que Camille est sortie aujourd'hui
Avec un jeune amant?

CECILE.

Avec un jeune homme... oui.

ARTHUR.

Qu'heureux de ses faveurs, enivré de ses charmes....

CECILE.

Monsieur, n'inventez pas ; je ris de vos alarmes !
C'est un homme, il est vrai, plein d'esprit, de douceur,
Aimable et bien fait....

ARTHUR.

Ah ! Cécile, quelle horreur !

CECILE.

Je ne vous comprends pas.

ARTHUR.

Et ta maîtresse l'aime ?

CECILE.

Ma foi, sur ce portrait, monsieur, jugez vous-même.
Nous sommes seuls, ainsi.....

ARTHUR.

Quel air mystérieux !

CECILE.

Ne me trahissez pas.... Que l'homme est curieux !
Pour livrer un secret qu'il en coûte aux soubrettes !

ARTHUR.

Parleras-tu?

CECILE.

Monsieur, nous sommes si discrètes !....
Celui qui de votre ame excite le courroux
Est.... (Arthur redouble d'attention.)
    Frère de Camille, incurable jaloux !

ARTHUR, joyeux.

Se peut-il? Oh! bonheur! Je te croyais coupable.
Pardonne à mes soupçons, ô femme trop aimable !
L'amour !... C'est ici-bas le ciel dans sa splendeur
Ou l'enfer qui dévore et qui brûle le cœur !
Mais, Cécile, pourquoi me faisais-tu mystère ?

CECILE.

A ma maîtresse au moins il fallait bien complaire;
Je devais, par son ordre, ici vous éprouver.

ARTHUR.

Ciel !

CECILE.

Ma maîtresse hier se laissa captiver
Par votre air de raison; elle vous crut plus sage;
Mais voulut par mes soins, s'assurer davantage
De la conversion. Monsieur, le beau rapport
Que je vais lui faire... hein ?

ARTHUR.

                        Prends pitié de mon sort,
Cache-lui mes soupçons.

CECILE.

                        De votre jalousie
Quand serez-vous guéri? C'est cette frénésie
Qui fait depuis long-temps, hélas ! tous nos malheurs.
Dans le cercle nombreux de nos adorateurs
Nous n'aimons que monsieur; monsieur sans cesse gronde.

Et comme un ennemi toujours suspecte et fronde.

Oui, tous, excepté vous, admirent nos vertus;

Que je désirerais qu'on ne vous aimât plus?


ARTHUR.

Cécile.


CECILE.


Après deux ans de son triste veuvage,

Camille, à votre amour, promet le mariage;

Tout est conclu, pour vous c'est le plus grand des biens,

Lorsque votre fureur brise tous les liens.

Tendre, aimante, sensible, en sa flamme discrète,

Camille est-elle donc une franche coquette?


ARTHUR.


De mes soupçons jaloux je suis bien corrigé;

Si j'ai tort aujourd'hui, d'elle je prends congé.

Il faut avoir aussi quelque peu d'indulgence....

Il pouvait se passer, pendant ma longue absence,

Tant de choses!... Deux mois!... tu le sais, les absens...


CECILE.


Vous vous inquiétez.... de nouveau je le sens!

ARTHUR.

Tiens hier quand je vis ta charmante maîtresse ;...
A m'éloigner d'ici qu'elle employa d'adresse !
Il se trame un complot !...

CECILE.

Ah ! tranquillisez-vous.
De Constance bientôt Oscar devient l'époux,
Pour préparer leurs nœuds et Madame et son frère
Désiraient demeurer seuls avec le notaire.

ARTHUR.

Je comprends, je respire, et je suis converti.

CECILE.

Votre démon, Monsieur, n'est pas encore sorti,
Et nous l'exorcisons toujours sans avantage ;
Un rien vous fait trembler, un rien vous porte ombrage
Fi ! que la jalousie est un vice odieux !

ARTHUR.

Sans elle on aime moins.

CECILE.

Oui, mais on aime mieux.

ARTHUR.

D'Oscar la fiancée est-elle avec sa mère ?

CECILE.

Elle a pour chaperon, sa vertu... puis son frère.

ARTHUR.

Un frère me dis-tu ? Constance de Vassy.

CECILE.

Avec lui de Provence elle est venue ici.
C'est un ami d'Oscar, il doit être le nôtre.

ARTHUR.

Sa figure ?

CECILE.

Charmante !

ARTHUR.

Et son âge ?

CECILE.

Le vôtre !

ARTHUR.

Quels soupçons déchirans ! Parle !...

CECILE.

Alfred est son nom ;
Jeune, aimable, galant... Vous pâlissez....

ARTHUR.

Moi ! non !...

CECILE.

Alfred voit ma maîtresse, elle est femme, il l'encense.

ARTHUR.

Ah ! j'avais bien prévu que pendant mon absence....

CECILE.

Mais, Monsieur, calmez-vous ?

ARTHUR.

Je veux la vérité !...

CECILE.

Or, laissez-moi parler, Par la divinité
L'encens n'est point reçu... Malgré votre folie,
Vous êtes préféré, votre ardeur accueillie
N'a laissé, pour Alfred, nulle place en son cœur,
Quoi qu'il lui semble....

ARTHUR.

Eh bien ?

CECILE.


Fort aimable!


ARTHUR.


Oh! fureur!
Ne t'avais-je pas dit qu'aujourd'hui la traîtresse...


CECILE.


Vous trompait; et que moi.. non, Monsieur, ma maîtresse
N'épouse point Alfred, on vous préfère à lui.
Pour vous et malgré vous le bonheur n'a pas fui.
Rassurez-vous, Madame est fort embarrassée...


ARTHUR.


Oui, l'embarras du choix. C'était-là ma pensée.


CECILE.


Je n'ai pas dit cela; craignant votre retour,
Son frère veut qu'Alfred l'épouse dans ce jour.

ARTHUR.

Elle hésite?

CECILE.

Eh! monsieur, laissez-moi donc tout dire...
Pour le servir près d'elle Alfred veut me séduire.

ARTHUR.

Quelle perfide intrigue! Oui, pour m'ôter son cœur
Et pour favoriser sa trop lâche noirceur,
Malgré tous mes bienfaits, de ton âme vénale
Tu déployas aussi la ressource infernale.
Tôt ou tard le destin punit la trahison.
Elle m'éclaire, enfin, et me rend ma raison.
De l'amour que Camille en mon ame fit naître,
Je me sens délivré.

CECILE.

Daignez vous reconnaître.

ARTHUR.

C'en est fait de ces lieux pour toujours je veux fuir.

CECILE, à part.

Sans revoir ma maîtresse il ne saurait partir.

ARTHUR.

Dubois! Holà! Dubois! je pars sans plus attendre

CECILE.

Quoi! vous vous éloignez sans daigner même entendre...

# SCÈNE TROISIÈME.

CECILE, ARTHUR, DUBOIS.

DUBOIS.

Que veut monsieur ?

ARTHUR.

Partir. Commande des chevaux.

DUBOIS, étonné.

Loin de Paris ?... monsieur... à ces ordres nouveaux..

ARTHUR.

Mais quelle impertinence !

DUBOIS.

A peine je puis croire...

ARTHUR.

Me faudra-t-il subir ton interrogatoire ?
N'as-tu pas par hazard, clairement entendu ?

DUBOIS.

Pardonnez-moi, monsieur, mais je suis confondu.

ARTHUR.

A l'hôtel Richelieu ; sois prêt dans un quart d'heure.

Arthur sort.

# SCÈNE QUATRIÈME.

CECILE, DUBOIS.

—

DUBOIS.

Moi je suis curieux, un instant, je demeure
Pour savoir le motif qui nous fait déguerpir.

CECILE, à elle-même.

Oh! monsieur le jaloux, vous allez revenir!...

16

DUBOIS.

Par votre belle veuve il est trahi peut-être ?

CECILE.

Abjurant sa colère, il reviendra, ton maître ;
Camille est vertueuse, et n'a conçu d'amour
Que pour lui ; mais, ô ciel ! quel tourment chaque jour,
Au milieu des douceurs d'un tendre tête-à-tête,
Tout à coup vient sur eux éclater la tempête ;
Amoureux et jaloux autant qu'un Espagnol,
Arthur guette un soupir et le poursuit au vol

On entend le bruit d'une voiture.

Quelqu'un vient !... C'est Oscar avec sa sœur Camille.
Adieu, vous resterez...

DUBOIS.

Adieu, charmante fille.

# DEUXIÈME ACTE.

# Acte Deuxième.

## SCÈNE PREMIÈRE.

CECILE, CAMILLE, OSCAR.

CAMILLE.

Avec grand soin, chez moi, Cécile, fais monter
Tout ce que ce matin nous venons d'acheter :
Parures de bon goût, rubans, schalls et dentelles.

OSCAR.

Pour un sexe léger, légères bagatelles.　Cécile sort.

# SCÈNE DEUXIÈME.

## CAMILLE, OSCAR.

#### OSCAR.

Qu'Alfred soit ton époux. Crois-moi, ma chère sœur;
Il est aimable, bon : c'est un homme d'honneur;
Il est le frère aussi de celle que j'adore.
Ces titres, à ton cœur, sont-ils muets encore?

CAMILLE.


Oscar, depuis huit jours, pourquoi donc m'affliger ?
Je te l'ai dit, Alfred est beaucoup trop léger
Pour les nœuds de l'hymen; c'est un homme du monde,
Qui s'en va promenant son amour à la ronde.
Arthur...


OSCAR.


Voilà le nom de l'objet adoré !


CAMILLE.


Je le nierais en vain, Arthur est préféré;
A devenir époux un serment nous engage...
Tu ne le connais pas, cher Oscar, mais je gage
Qu'il te plaira d'abord, qu'il te paraîtra bien :
Il a tout ce qu'il faut pour un heureux lien :
De l'honneur, des talents, un esprit agréable;
Il est bon et discret, non comme un fashionable
Qui, dans le jeu forcé de sa discrétion,
Perd une femme honnête, et par distraction.

OSCAR.

Mais tu n'ajoutes pas qu'une horrible folie...

CAMILLE, vivement.

Il avait autrefois un peu de jalousie.

OSCAR.

Quoi, ma sœur! autrefois, un peu, mais entre nous,
On dit partout que c'est le type des jaloux.
Et tu crois qu'avec lui tu pourras être heureuse?
Avec un tel mari l'existence est affreuse;
Ce n'est point un époux, c'est un persécuteur,
Qui te fatiguera d'un regard scrutateur,
Sans cesse à tes côtés, dans les bals, au spectacle,
Il te suivra...

CAMILLE.

Tant mieux; ah! loin d'y mettre obstacle...

OSCAR.

Mais pour te tourmenter.

CAMILLE.

Je ne verrai que lui...

OSCAR.

Crois-tu par ton amour, pouvoir le changer?

CAMILLE.

Oui.

Quand une femme, Oscar, par ses étourderies
Attire à son mari quelques plaisanteries,
Je conçois la colère affreuse de l'époux;
Sans aucun ridicule il peut être jaloux.
Arthur verra toujours une amante en sa femme,
Ainsi comment veux-tu que jamais il me blâme?

OSCAR.

Pour lui plaire sans cesse, oui, malgré tes efforts

Il parviendra toujours à te trouver des torts.

CAMILLE.

La couleur du portrait est par trop rembrunie !
L'original, mon cher, vaut mieux que la copie.

OSCAR.

Non ; ton frère, crois-le, n'a rien exagéré.

CAMILLE.

Mon ami, je te crois par ton zèle égaré
Tu parlais d'un défaut et tu m'as peint un vice.

OSCAR.

C'en est un ! du tableau je n'ai fait que l'esquisse.

CAMILLE, souriant.

Grand Dieu ! mais sois tranquille, Arthur est corrigé ;

L'absence cher Oscar, l'a tout-à-fait changé.
Hier, pour terminer ton heureux mariage
Je l'ai congédié, vraiment il fut très-sage;
Autrefois quels soupçons! Il n'est pas même ici.
Arthur est corrigé tu l'aimeras aussi.
Voulant de sa raison, quelque nouvelle preuve
A Cécile j'ai dit de tenter quelqu'épreuve :
Il n'en est plus besoin.

OSCAR.

                    Aimable et tendre sœur
Je voudrais détourner l'orage de ton cœur.
Pour moi diffère au moins ce triste mariage.

CAMILLE.

J'ai promis; dès ce soir je renonce au veuvage.
Mais Arthur va venir; ici, reste un moment,
Tu pourras dans son cœur lire facilement;
De mon sort, cher Oscar, je te rendrai le maître,
Si mon cœur aujourd'hui n'a pas su le connaître.

OSCAR.

Je consens à rester, à la condition
Que nous allons fixer....

CAMILLE.

Notre convention ,
Si j'y souscris, Oscar me trouvera fidèle.

OSCAR, appuyant.

Si ton Arthur n'est pas des jaloux le modèle,
Alfred doit renoncer à demander ta main ;
S'il est jaloux Alfred t'épouse dès demain.

( Camille fait un geste de surprise. )

Ton ame est incertaine et ton esprit balance ?

CAMILLE, après une pause.

Non, je consens à tout ; je suis sûre d'avance
Qu'Arthur nous prouvera bientôt... Mais le voici.

# SCÈNE TROISIÈME.

## CAMILLE, ARTHUR, OSCAR.

Oscar se retire au fond du théâtre, Arthur entre brusquement sans le voir, Oscar observe tout ce qui se passe.

*En avant-scène.*

ARTHUR.

Pour la dernière fois vous me voyez ici,

Madame, de fureur tout mon être frissonne !
Vous aimez tout le monde et c'est n'aimer personne.

CAMILLE.

Arthur, mais qu'avez-vous ?

ARTHUR.

Cruelle !

CAMILLE.

Vous partez ?
D'hier soir arrivé de fuir vous vous hâtez.
Mais quel procès nouveau, quelle affaire importante
Vous force....

ARTHUR.

Nul procès, nulle affaire pressante....
Pour vous fuir à jamais je veux quitter Paris.

CAMILLE.

Mais quel nouveau soupçon a troublé mon esprit ?

*Elle semble deviner le motif de la colère d'Arthur, elle ajoute en souriant.*

Ah ! je devine, Arthur, d'où vient votre colère,
Celui qui ce matin....

ARTHUR.

Oui, c'était votre frère
Je le sais !

CAMILLE, étonnée.

Qui fait donc naître cette fureur?

ARTHUR.

Quoi ! vous le demandez? Ah ! quel sexe trompeur !
Perfide !...., et cet Alfred que vous trouvez aimable ?

CAMILLE.

Arthur, vous vous perdez !

ARTHUR.

Non femme trop coupable
Non , je sauve mon cœur !.... Eh quoi ! sitôt changer ?

OSCAR, à part.

De se voir supplanter Arthur court grand danger !....

CAMILLE.

De grâce calmez-vous... Un mot, veuillez m'entendre.

ARTHUR.

Vous qui me trahissez daignerez-vous m'apprendre
Ce qui fit naître hélas ! ces perfides amours ?
O Dieu ! qu'ai-je donc fait ?... que vous aimer toujours ?
Pourquoi le recevoir ?

CAMILLE.

Le frère d'une amie.

17

ARTHUR.

Moi, j'aurais tout quitté; parens, amis, patrie,
Pour n'adorer que vous.

CAMILLE.

Ah ! je n'aime qu'Arthur.

ARTHUR.

Vantez votre constance et votre cœur si pur,
Quand cet Alfred vous plaît, qu'il vous paraît aimable !

CAMILLE.

Faut-il pour vous aimer, le trouver détestable !
Sa conversation me plaît....

ARTHUR.

Quelle noirceur !
Il a charmé l'esprit pour arriver au cœur.
Le fat ! sans le connaître, ah ! que je le déteste !

Dites que vous l'aimez, madame, et je proteste
Que je vous rends alors votre indigne serment.

### CAMILLE.

Non, je ne l'aime pas ! en cet affreux moment
Qu'elle me pèse, Arthur, cette cruelle chaîne
De l'amour ! Je maudis le pouvoir qui m'entraîne
Vers un extravagant !

### ARTHUR.

Oui dans votre courroux
J'ai cent défauts; peut-être à me trouver jaloux,
Cruelle en cet instant, votre esprit s'évertue....
Ah ! d'un pareil soupçon l'injustice me tue !

### CAMILLE, *ironiquement.*

Arthur jaloux? oh, non, non je suis dans l'erreur :
Arthur est confiant, et son généreux cœur
D'aucun doute ne sent l'injurieuse atteinte;
S'il fut jaloux....

### ARTHUR, *se calmant.*

Hélas !

CAMILLE.


Sa fureur est éteinte ;
Sans vouloir rien entendre il ne s'emporte plus ,
Et maintenant au moins , il croit à nos vertus...
Par un amour constant j'ai forcé son estime.


ARTHUR , détrompé.


Ah ! je me purifie à votre ame sublime !


CAMILLE.


Moi qui n'aime que vous ! les hommes sont ingrats !


ARTHUR.


Non , je suis détrompé ; non vous ne l'aimez pas.


CAMILLE.


Non , méchant ; non , cruel ; et votre humeur jalouse
Est cause qu'aujourd'hui peut-être je l'épouse.

ARTHUR.

Camille ! mon amie !... Ah ! ne m'accablez point !
Madame pourriez-vous m'en vouloir à ce point ?
Vous ne m'aimez donc plus ? Ah ! quoique bien coupable····

CAMILLE.

Mais on cesse d'aimer qui cesse d'être aimable.

ARTHUR.

Ne parlez pas ainsi vous me navrez le cœur ;
Car vous êtes pour moi la vie et le bonheur,
Camille , ah ! pardonnez à l'amant le plus tendre...

CAMILLE, avec tendresse lui tend la main.

Vous êtes un méchant qu'on ne veut plus entendre.

ARTHUR, à ses pieds.

Ah ! je veux vous prouver que ma conversion
N'est pas....

oscar, traversant le théâtre et sortant.

Rappelle-toi notre convention !

# SCÈNE QUATRIÈME.

## CAMILLE, ARTHUR.

ARTHUR, se relève il est furieux.

Qu'entend-je? un homme ici; qu'y faisait-il, madame?
Ah! vous me trahissiez! quelle noirceur infâme!
Le perfide avec vous raillait ma bonne foi.
Parjure vos sermens de n'adorer que moi,
Je veux les publier, dans ma rage indiscrète,
Et vous stygmatiser du renom de coquette!

Tous les adorateurs vous plaisent; à chacun
Vous souriez, perfide, et n'en aimez aucun;
Ils vous accablent tous de sottes flatteries,
Et vous les leurs payez par des cajoleries!

CAMILLE.

Ah! c'en est trop, Arthur, je voudrais vous haïr!
Apprenez que mon cœur n'a jamais su trahir;
Quoiqu'en votre fureur vous m'ayez offensée,
Je veux avant de fuir vous montrer ma pensée.
Depuis que le destin m'a ravi mon époux,
Mon cœur, trop confiant, cruel, n'aima que vous.
De vous avoir chéri que je suis bien punie,
Enfin de cet amour je vais être guérie!
Un mot peut vous confondre et vous humilier
Mais dois-je donc descendre à me justifier!
Mettez un terme, Arthur à votre affreuse rage
Connaissez mieux un cœur que votre erreur outrage.

Elle sort.

# SCÈNE CINQUIÈME.

ARTHUR, seul.

Oh femmes , d'une main vous prodiguez des fleurs ,
De l'autre vous plongez un poignard dans nos cœurs
Jeune homme confiant , le jour ou ta maîtresse
Te fait en rougissant , l'aveu de sa tendresse ,

Lorsqu'à ce mot : je t'aime ! abjurant ta raison ,
Tu tombes à ses pieds, de quelque trahison ;
Elle invente l'horreur et prépare la trame
Qui doit bientôt porter la fureur dans ton ame.
Ah ! tu les paieras cher, ces jours délicieux
Ou tu puisais la vie et l'amour dans ses yeux !
Dans un traître billet d'une main nonchalante,
Elle te peint à froid sa tendresse brûlante ,
T'enivre de l'encens de quelques mots flatteurs
Qu'elle va répétant à trente adorateurs !
Camille !... et vous aussi vous me trompiez de même ?
Vous m'aviez pourtant dit : c'est vous, vous seul que j'aime !
Perfide ! je vous hais !... son attendrissement....
Etait joué sans doute.... A mon saisissement
Je sens que j'aime encor cette femme perfide !
Je la croyais sans arts, simple, aimante, timide;
Quelle erreur !

# SCÈNE SIXIÈME.

## ARTHUR, DUBOIS.

DUBOIS.

Monsieur veut décidément partir?...
Le frère de madame....

ARTHUR, vivement.

Oscar?

DUBOIS.


　　　　　　　　　Vient de sortir
D'ici criant : Alfred ! à vous rompre la tête ,
Et m'a dit qu'au départ vraiment monsieur s'apprête.


ARTHUR.


Celui qui dans l'instant à quitté ce salon
N'était donc pas Alfred de Vassy....


DUBOIS.


　　　　　　　　　Certes , non;
Mais non, monsieur, c'était le frère de madame.


ARTHUR.


Quoi , tu le connais donc ?


DUBOIS.


　　　　　　　　Si je le connais ? dame !
Je l'ai servi jadis.

ARTHUR.

Dubois je suis perdu !

DUBOIS.

Si je conçois pourquoi je veux être pendu.

ARTHUR.

J'ai cru voir dans son frère un amant de Camille.

DUBOIS, à part.

Par la sagacité son esprit toujours brille !

ARTHUR.

Elle m'a fui ! sais-tu ?....

DUBOIS.

Je l'ai vue au jardin

Courir et s'enfermer au pavillon soudain.

ARTHUR.

Ah! fidèle Dubois, viens donc que je t'embrasse !
Je vole à ses genoux lui demander ma grâce.

# SCÈNE SEPTIÈME.

DUBOIS, seul.

Ainsi tantôt grondé, puis tantôt cajolé ;
Je lui crois par ma foi le timbre un peu fêlé.
Allez pauvre jaloux, courez à rendre l'ame,
C'est à tort selon moi, que votre cœur s'enflamme ;
Changez d'affection plutôt trois fois par jour,
Car les femmes ne sont fidèles qu'à l'amour.

Il sort.

# TROISIÈME ACTE.

# Acte Troisième.

## SCÈNE PREMIÈRE.

CAMILLE, CECILE, entrant par le fond.

CECILE.

Quoi, madame, au jaloux vous avez pardonné ?
Pour tourmenter et plaire, Arthur semble être né.

CAMILLE.

Il m'a tant protesté qu'il suivrait la sagesse
Que j'ai cru lui pouvoir pardonner sans faiblesse.

CECILE.

A votre place aussi j'en eusse fait autant;
S'il est jaloux, madame, il est fort séduisant.

CAMILLE.

Il est vif, emporté mais bon au fond de l'ame;
Quel amant exalté! noble au pied d'une femme,
Il s'excuse avec grâce et de si bonne foi !
L'apparence, Cécile, était bien contre moi.

CECILE.

Osez-vous maintenant vous accuser vous-même
Lorsqu'il fut seul coupable, en sa fureur extrême?
Voilà bien les amans !... Mais Alfred à propos
Est venu tout à l'heure, et pour votre repos
Je l'ai congédié.

CAMILLE.


Fort bien chère Cécile ;
Ainsi j'aime à te voir à mes ordres docile.

Elle réfléchit un moment.

Avec mon frère, ô ciel ! que faire maintenant ?
Pour m'imposer Alfred il peut de mon serment
Se prévaloir ! Constance et son volage frère
Sans doute par Oscar sont informés ma chère
De nos conventions... Ah ! le méchant jaloux
Qui sans nul examen, s'emporte contre nous !
Quand Constance viendra, Cécile, que lui dire ?


CECILE.


Les hommes sont des fous que nous devons maudire !


CAMILLE.


Ils veulent qu'aux Français nous allions tous ce soir
De pouvoir refuser je conserve l'espoir
Car Arthur....

# SCÈNE DEUXIÈME.

## LES MEMES, UN VALET.

LE VALET remettant la lettre à Camille.

Un chasseur vient de me la remettre.

Il sort.

# SCÈNE TROISIÈME.

## CAMILLE, CECILE.

CAMILLE, après avoir lu.

De la comtesse Hercourt une seconde lettre
Pour son bal de ce soir.... Et Constance sans moi
Ne pourra pas s'y rendre. Ah! c'est avec effroi
Que je pense à ce bal! je me crois menacée

De quelqu'horrible scène ! Oui, l'ame courroucée,
Arthur va m'accabler.... Si je puis refuser....
Cécile, mais pourquoi veux-je donc m'abuser?
Je pourrai, je l'espère, éviter le spectacle;
Mais à ce bal maudit je ne vois nul obstacle !
Cruel Jaloux !... Eh bien ! dans son emportement,
J'aime mieux mon Arthur qu'un orgueilleux amant.
Dans sa présomption certain de toujours plaire,
Qui croit qu'à son pouvoir on ne peut se soustraire,
Qui sûr de son mérite affronte les rivaux....

CECILE.

Bientôt vous nous direz qu'Arthur est sans défauts.

CAMILLE.

Je ne dis pas cela; mais, dans sa jalousie,
Ne vois-tu pas, Cécile, un fond de modestie?....
S'il n'était violent, Arthur serait parfait.

CÉCILE.

C'est un homme accompli, je l'ai dit en effet.

On entend du bruit.

CAMILLE.

Constance!... par Oscar prévenue elle espère
Qu'abandonnant Arthur j'épouserai son frère.

# SCÈNE QUATRIÈME.

CAMILLE, CONSTANCE, CECILE.

Ensuite ARTHUR à part dans le fond.

CONSTANCE embrassant Camille.

Camille, quel bonheur! Tu te rends à nos vœux;
Oscar m'a tout conté; que nous sommes heureux;
Déjà n'étions-nous pas les meilleures amies?
Par des nœuds plus sacrés nous allons être unies.

CAMILLE.


Mon frère en t'épousant forme un heureux lien;
Mais tu penses à tort que je m'unis au tien.


CONSTANCE, avec incrédulité.


Oscar m'a dit....

Arthur en ce moment s'arrête et écoute sans avoir été aperçu.


CONSTANCE continuant.


Qu'Arthur, dans sa fureur jalouse,
Près de toi s'est perdu, qu'Alfred demain t'épouse.

Cécile aperçoit Arthur et prévient du geste Camille.


CONSTANCE après une pause.


Tu ne peux le nier; ah! pour moi quel bonheur!
Par cet heureux hymen je suis deux fois ta sœur.


ARTHUR à part.


L'ai-je bien entendu? Je me contiens à peine!

CONSTANCE à Camille.


Ton cœur paraît navré de quelque sombre peine;
Tu ne partages pas tout mon ravissement....


ARTHUR s'avance; il salue d'un air contraint; il y a de
la colère et de l'ironie dans son accent.


Ma visite est, je crois, gênante en ce moment ;
Je ne viens pas ici, que madame le croie,
Pour comprimer l'élan d'une aussi pure joie;
Je serais désolé de me rendre importun,
D'un compliment banal, indiscret et commun ;
Je ne viens pas, non plus, vous fatiguer, madame,
Je suis vraiment charmé.... J'en jure sur mon ame !
Cependant, de gronder j'aurais quelque sujet :
Former, à mon insçu, le séduisant projet
De serrer de nouveau les nœuds du mariage;
Sans nous en avertir, renoncer au veuvage,
Nous abandonner tous pour un rival aimé !
Moi, surtout... moi, madame, ah! vous m'aviez charmé,
Et j'espérais un peu, je l'avoue à ma honte,
Tant de présomption !... quand la tête se monte,
On se croit préféré, on se croit quelques droits !...
L'amitié d'aujourd'hui n'est plus comme autrefois

Des secrets de deux cœurs l'aimable et doux échange ;
En ce siècle maudit tout s'altère, tout change ;
On vous aime aujourd'hui pour vous haïr demain ;
On cherche votre perte en vous serrant la main !
Vous nous trompiez !...

CAMILLE, avec indignité.

Jamais.

ARTHUR.

Je n'ai plus qu'à me taire ;
Mais... de mademoiselle, en épousant le frère,
Vous me prouvez alors que l'on peut préférer
Un homme que l'on feint de ne pas tolérer !

CAMILLE.

Monsieur, vous m'offensez !

ARTHUR.

Je dirai plus, madame,
Car je veux vous montrer tout ce que j'ai dans l'ame,

Qu'une femme souvent, d'un esprit incertain,
Le soir quitte un parti qu'elle prit le matin;
Que cette femme adroite et fausse en son langage,
Entretient autour d'elle, avant le mariage,
Un essaim enivré d'heureux adorateurs,
Qu'elle fixe à son char par des propos flatteurs;
Qu'elle donne, à chacun, une vague espérance...

CAMILLE.

Vous m'indignez, Monsieur!... c'est assez de souffrance...

ARTHUR.

Elle peut même aussi, le fait est bien certain,
A deux amans rivaux....

CAMILLE, de plus en plus émue.

Ciel !

ARTHUR.

Promettre sa main.

CAMILLE.

Ah ! c'en est trop ! je meurs....

*Elle tombe dans un fauteuil.*

ARTHUR.

Ma présence, Madame
A malgré moi porté le trouble dans votre ame.....
Je me retire !...                     *Il sort.*

CAMILLE.

Arthur...

# SCÈNE CINQUIÈME.

## CECILE, CAMILLE, CONSTANCE.

—

CONSTANCE.

O funeste penchant !

CECILE.

On peut définir l'homme un animal méchant.

CONSTANCE.

Camille dans ton cœur, oui mon cœur a su lire;
Je veux te consoler de ce sombre délire.
Mais... l'espoir que tantôt... de grâce explique-toi...

CAMILLE.

Je te dirai tout; viens! (à Cécile,) sans un ordre de moi
Que personne ici n'entre !

Elle entre avec Constance dans son appartement.

# SCENE SIXIÈME.

CECILE, seule.

Oh ! je fais sentinelle,
Allez !... à la consigne on restera fidèle.
Qu'un monstre vienne encor, je le recevrai bien !
Fi ! des hommes ah ! fi ! le meilleur ne vaut rien.
Outrager à ce point ma trop douce maîtresse,
Et reconnaître ainsi sa constante tendresse !

Les hommes !... il faudrait de France les chasser !...
Ah ! si nous pouvions donc un jour nous en passer !
J'entends du bruit !... on vient. Observons ma consigne
Contre ce sexe faux, d'une noirceur insigne.

*Elle se place devant l'appartement de Camille.*

C'est Oscar puis Alfred qui de notre douleur
Sont cause...

# SCÈNÈ SEPTIÈME.

CECILE, OSCAR, ALFRED.

—

OSCAR.

Je croyais trouver ici ma sœur

CECILE.

**Dans son appartement ma maîtresse est entrée**

A Alfred.

C'est avec vôtre sœur qu'elle s'est retirée
Pour fuir les hommes !...

OSCAR , souriaut.

Ciel ! dans la proscription
Son frère est-il compris ?

Il veut entrer, Cécile lui barre le chemin.

CECILE.

A votre intention
D'entrer par ordre exprès , oui, Monsieur, je m'oppose.

A Alfred.

Si vous voulez entrer contre vous j'indispose
Madame.

A Oscar.

Et contre vous mademoiselle... allez.

ALFRED.

Retirons-nous mon cher.

CECILE.

Si vous vous résignez
Je vous sers au contraire.

ALFRED.


Oscar, en conscience,
Et du cœur féminin j'ai quelque connaissance,
Je suis aimé, mon cher, d'amitié seulement.


OSCAR.


Ce matin, d'être à toi, Camille à fait serment ;
Arthur est trop jaloux, sa folie est complète...


ALFRED.


Pour lui ta sœur nourrit une flamme secrète...
Alors, de son dépit, voudrais-je l'obtenir ?
Sortons de tout cela je veux t'entretenir.

Ils sortent.

# SCÈNE HUITIÈME.

CECILE, seule.

Je ne crains plus qu'Arthur, ce jaloux incurable ;
S'il les a vus venir, il faudrait être un diable
Pour l'empêcher d'entrer... Eh ! bon Dieu ! le voici.

# SCÈNE NEUVIÈME.

ARTHUR, CECILE.

ARTHUR.

Ta maîtresse, Cécile?

CECILE.

Elle n'est pas ici.

ARTHUR.

Je le vois bien !... Pourtant je crois l'avoir laissée
Au salon.

CECILE.

D'y rester était-elle forcée

ARTHUR.

Non !... Mais où donc est-elle ?

CECILE.

En son appartement.

ARTHUR , avec ironie.

Elle est seule peut être... hein ?

CECILE.

Mais en ce moment
Non , Monsieur.

ARTHUR.

Et qui donc ?...

CECILE, riant.

Une forte migraine.

ARTHUR, furieux et se précipitant vers la porte.

La migraine ?...

CECILE.

Eh ! Monsieur, quelle ardeur vous entraîne !

ARTHUR.

Moyen usé, Cécile, autant que les vapeurs.
Oh ! nous n'y croyons plus... Quel tissu de noirceur !
Est-elle seule enfin ?

CECILE.

Non !

ARTHUR.

Perfide soubrette,

Je sais qu'avec Alfred doit être la coquette ;
Je viens de voir entrer cet odieux rival...
Près d'elle... à ses genoux peut-être !... amour fatal,
Détestable poison, cruelle jalousie,
Ah ! que tu sais flétrir tous les jours de ma vie !...
J'entrerai.

CECILE.

Non, Monsieur.

ARTHUR.

Me jouer à ce point !
Oh ! j'entrerai te dis-je.

CECILE.

Oh ! vous n'entrerez point.
Madame est enfermée avec Mademoiselle...

ARTHUR.

Pour mentir on peut bien se fier à ton zèle.

CECILE.

D'entrer, sans son aveu, Madame à défendu

ARTHUR.

D'un tel excès d'audace, ah ! je suis confondu.

Il s'avance, repousse rudement Cécile et secoue la porte.

CECILE, effrayée.

Monsieur !...

ARTHUR, de même.

Je veux la voir cette femme pudique !...
Je veux les immoler.

CECILE.

Ceci tourne au tragique.

Il ébranle la porte qui finit par céder ; Camille paraît, Constance la
suit ; Arthur est confondu.

# SCÈNE DIXIÈME.

CECILE, CONSTANCE, CAMILLE, ARTHUR.

CAMILLE, à Cécile.

Pour entrer tu t'y prends d'une étrange façon
J'ai pensé voir sur nous s'écrouler la maison.

CECILE.

Madame... C'est...

CAMILLE, regardant Arthur et feignant la surprise.

Encore au salon tout s'explique
A me désespérer Monsieur toujours s'applique.

Cécile et Constance se dirigent vers la porte du fond, Camille les
suit; Arthur s'élance, saisit la main de Camille et fait un geste suppliant.

ARTHUR.

Ah! pardonnez, Madame, un regard, un seul mot !

CAMILLE.

Dans ce salon, Monsieur, je reviendrai bientôt.

Camille, Cécile et Constance sortent.

ARTHUR.

Ah! comment la fléchir? que je hais ma faiblesse!

*Il réfléchit et dit en sortant.*

Chérubin, cependant, était chez la comtesse!...

*Il sort.*

# QUATRIÈME ACTE.

# Acte Quatrième.

## SCÈNE PREMIÈRE.

### CAMILLE, ARTHUR.

#### CAMILLE.

Arthur, non, laissez-moi; je ne veux rien entendre
A la main de Camille oseriez-vous prétendre?

Je l'avouerai, l'amour m'attirait près de vous,
Mais la raison disait : évitez un jaloux,
Il est dans sa fureur, toujours incorrigible.

ARTHUR, suppliant.

C'est la dernière fois...

CAMILLE.

Je demeure inflexible.

ARTHUR.

Vous ne m'aimez donc plus?...

CAMILLE.

Il le faut, en ce jour
Ma raison parlera plus haut que mon amour.

ARTHUR.

Daignez me pardonner...

CAMILLE.

Je suis trop offensée ;
La jalousie, Arthur, jusqu'à l'excès poussée,
. Prouve qu'on n'aime point.

ARTHUR.

Je vous adore !

CAMILLE.

Hélas !
Vous m'aimez donc, cruel, et ne m'estimez pas.

ARTHUR.

Ah ! dans votre courroux, grand Dieu, qu'osez-vous dire?
Ne vous estimer point !... Arthur, en son délire,
Même en vous accusant vous estime toujours :
Sachez connaître mieux mes jalouses amours.
La vertu, je le sais, ô séduisante femme,
Obtient tout votre culte et réside en votre ame ;
Noble, sensible, pure, en ce siècle trompeur,
Camille en vous l'esprit n'a pas gâté le cœur

Seules à vos talens vos grâces sont égales,
Et vous faites pâlir vos trop faibles rivales.
Que je voudrais, ô Dieu! par de triples remparts
Fermer votre salon, vous cacher aux regards.
Dans un cercle nombreux dont vous faites le charme,
Du sarcasme malin, souvent aiguisant l'arme,
Vous corrigez les sots de leur prétention,
Et bientôt ramenant la conversation
Sur l'attrait des beaux-arts, de la littérature,
Sur les charmes plus doux de la belle nature,
Sur l'aspect des forêts, sur le secret du soir,
Chacun pour son bonheur et pour mon désespoir;
Voit briller votre esprit et se montrer votre ame...
Ah! plus vous ravissez, plus je souffre, Madame.


CAMILLE.


Il faudrait pour vous plaire être sotte à l'excès :
Pour vous seul j'en jouis, si j'ai quelques succès.


ARTHUR.


Ah! de me plaire ainsi, soyez moins empressée,
Camille, et daignez lire au fond de ma pensée.

CAMILLE.

Je n'y vois que folie et que soupçons jaloux
Qui font naître toujours la discorde entre nous.
Combien de votre cœur l'injustice me blesse !

ARTHUR.

Vous m'aimez, je le sais, hélas ! et crains sans cesse
Qu'un autre plus aimable et de vous plus aimé
N'obtienne votre cœur, et toujours alarmé
Arthur voit dans vos yeux quelque flamme secrète
Dont il n'est pas l'objet. Vous n'êtes pas coquette ,
Je le sais... mais... alors... votre cœur plus aimant
Recèle un feu caché qui n'est que plus ardent.
Ah   je dois l'avouer, oui, tout me porte ombrage ,
Tout fait renaître en moi le chagrin et la rage;
Puis-je le dire enfin, sans vous faire pitié :
Le doux regard qu'obtient la plus pure amitié ,
Les baisers d'un enfant, les caresses d'un père ,
Me font un mal affreux; et lorsqu'à votre frère
Vous écriviez...

CAMILLE.

Arthur !...

ARTHUR.


                              Eh bien ! j'étais jaloux,
Le nom d'un homme seul excite mon courroux,
Si vous le prononcez. L'infortune vous touche,
Vous calmez le malheur d'un mot de votre bouche;
Eh bien ! si le destin venait frapper un jour
Quelqu'un de nos amis, mon défiant amour,
Dans le noble intérêt que le malheur inspire
Verrait quelque prétexte à mon affreux délire !
Un sourire, un regard, le plus léger soupir,
Me troublent !... le passé, le présent, l'avenir,
Tout enfin est pour moi sujet de jalousie,
Camille, et mon amour est une frénésie !...

                Il saisit la main de Camille et tombe à sespieds.


        CAMILLE, effrayée mais avec bonté.


Relevez-vous, Arthur, vous me faites trembler !...
Et vous m'aimez ?...



                ARTHUR.


        Pour vous je voudrais m'immoler !

CAMILLE.

Vous voir changer pour moi serait plus agréable.

ARTHUR.

Ah ! laissez-vous fléchir !

CAMILLE.

Vous êtes trop coupable.

ARTHUR.

Non , j'ai lu dans vos yeux !.. vous m'avez pardonné.

CAMILLE.

Je n'ai pas dit cela !

ARTHUR.

Moi je l'ai deviné.
Je veux le mériter , ô généreuse amie ,

Ce pardon précieux ; haine à la jalousie,
Camille pour jamais je me sens corrigé :
Par votre ame si pure, ah ! vous m'avez changé !
Que je voudrais déjà vous nommer ma compagne !...
Nous nous établirons... tenez.... à la campagne.


CAMILLE, souriant.


J'y consens.


ARTHUR.


Je me fais un tableau ravissant
Du calme, du bonheur simple et toujours croissant
Que nous y gouterons. Exempts d'inquiétude,
Et nous aimant d'amour, et non par habitude,
Loin surtout du fracas, des vices de Paris.


CAMILLE.


Quoique d'un bel amour pour la campagne épris,
Arthur il ne faut pas flétrir la capitale ;
C'est un trop vieux travers que certain monde étale.
De provinces j'ai vu d'honnêtes habitants
Vouloir brûler Paris dans leurs ressentiments.

Ils ont depuis long-temps déclaré que les vices

Font, de ce beau séjour, leur temple et leurs délices...

C'est un épouvantail qu'il faut laisser aux sots.

De ce vieux préjugé loin d'être les échos,

Avouons mon ami, qne la vertu sublime

Au moins, autant qu'ailleurs, balance ici le crime;

On pourrait le prouver et sans prévention,

Paris vaut mille fois sa réputation.

ARTHUR.

Ah! vous aimez Paris!

CAMILLE.

J'ai ce travers extrême;

Mais avec vous, Arthur, je serai bien partout,

Et c'est votre désir qui réglera mon goût.

ARTHUR.

Ciel! à tant de bonheur ai-je donc pu prétendre?

Camille, je serai toujours aimant et tendre!...

Nous ne verrons personne, oui, nous nous suffirons,

Ceux qui viendront nous voir...

CAMILLE.

Eh ! nous les chasserons.

ARTHUR.

Je ne dis pas cela.

CAMILLE.

Votre tête exaltée
Vous trompe encore, Arthur, votre ame est tourmentée
Par de cruels retours de jalouse terreur.

ARTHUR.

Chère Camille, oh ! non, vous êtes dans l'erreur !
Moi, je ne vois que vous, vous seule sur la terre;
J'espérais, insensé ! que seul j'aurais pu plaire,
Mais il est dans nos cœurs deux sentiments divers.

CAMILLE.

Faut-il pour vous aimer vivre dans les déserts?

ARTHUR.

Si votre amour pour moi je suis sans défiance;
De vivre retiré je n'avais l'espérance
Que pour mieux savourer le bonheur d'être à vous.
Camille, ah! croyez-moi, je ne suis plus jaloux.

# SCÈNE DEUXIÈME.

---

## LES MÊMES CÉCILE entrant.

—

CECILE.

On vient !...

CAMILLE à Arthur.

Retirez-vous... dans la bibliothèque,
Pour trouver la raison causez avec Sénèque.

ARTHUR.

Qui donc?...

CAMILLE.

Oscar, Alfred, des persécutions...
Je ne veux plus cacher mes résolutions...
Vous me gêneriez... allez.

ARTHUR.

Il me faut souscrire
A vos ordres. à part. Alfred!.. que va-t-elle lui dire?

Il sort.

CAMILLE.

Ah ! prouvez-moi qu'enfin vous êtes confiant.

CECILE.


Mais il entre en effet, c'est fort édifiant.
Et dans ce cabinet restera-t-il, Madame?


CAMILLE.


J'espère... les voici.

# SCÈNE TROISIÈME.

LES MEMES, CONSTANCE, OSCAR, ALFRED.

OSCAR.

J'en jure sur mon ame.
On ne peut pour te voir trouver un seul moment.
Je viens te rappeler, Camille, ton serment
Je t'ai dit ce matin, ma mémoire est fidèle :

21

Si ton Arthur n'est pas des jaloux le modèle ,
Alfred doit renoncer à demander ta main ;
S'il est jaloux Alfred t'épouse dès demain.
Il l'est plus que jamais aujourd'hui , je le gage ;
Ce que Constance à vu nous offre un nouveau gage
De ton éloignement pour un pareil époux.

ALFRED.

Ah ! Madame , est-il vrai ? je jure à vos genoux
D'être tendre , sincère , exempt de jalousie !
Oui ! mon amour fera le bonheur de ma vie.
Ne soyez pas cruelle , et faites un heureux.
Mais quoi ? vous vous taisez et détournez les yeux.

OSCAR.

Rien n'est plus éloquent parfois que le silence.

CAMILLE.

Mon frère avait, Monsieur, reçu ma confidence !...
J'aime ma liberté : je n'y puis renoncer.
Et pourrais-je, d'ailleurs , prétendre vous fixer ?

Celui que vingt beautés se disputent sans cesse
Voudrait de tous côtés promener sa tendresse.
Moi, j'aurais letravers, bizarre assurément,
De vouloir un mari qui m'aimât constamment,
Qui trouvât le bonheur au sein du mariage,

> Arthur entr'ouvre la porte et la referme.

ALFRED.

Avec vous, des époux je serai le plus sage !
Votre cœur noble et pur, et puis votre bonté,
Votre esprit séduisant, vos charmes...

CAMILLE.

> La beauté,

Si j'en avais, Monsieur, passe bientôt !... Pour plaire
Il faut des frais, et moi je n'en saurais pas faire.
J'aimerais beaucoup; mais, je le dirais sans art,
Il faudrait qu'on en crût simplement mon regard.
Du mariage enfin je redoute la chaîne
Et ne m'y soumettrais qu'avec beaucoup de peine.

ALFRED.

Quoi, vous ne voulez pas former cette union ?

OSCAR.

Redoute d'un serment la violation.

Arthur continue à entr'ouvrir la porte du cabinet, les personnages, Cécile exceptée, ne le voient pas.

CAMILLE.

Je dois redouter plus le joug du mariage.
Femme qui le subit s'abandonne à l'orage.

ALFRED, se résignant.

Il faut à son destin savoir être soumis.

CAMILLE, avec bonté.

Ne soyons point époux, Alfred, soyons amis.

ALFRED.

Cruelle ! A mon bonheur, ah ! pourquoi mettre obstacle ?

CAMILLE.

Vous m'en voulez !...

ALFRED.

Madame....

CAMILLE.

Au sortir du spectacle
Je vous attends tous trois.

CONSTANCE.

Eh, quoi! tu n'y viens pas!...

ALFRED.

Le spectacle, pour moi, serait sans nul appas;
Je reste.

CONSTANCE, à Alfred.

Mais, mon frère, une pièce nouvelle;
Tu m'avais bien promis...

CAMILLE.

Faites cela pour elle;
Moi, si je le pouvais,..

OSCAR.

Alfred, oui, c'est fort mal;
Le plaisir n'est-il pas un objet capital;
Allons! rends-toi!

CAMILLE.

Cédez si vous voulez me plaire,
Et si ce n'est pour moi que ce soit pour mon frère.

ALFRED   regardant Camille.

Je cède.

OSCAR avec joie.

A la raison te voilà revenu.
Adieu, ma sœur.

CONSTANCE embrassant Camille.

Adieu.

Alfred salue; il sort avec Constance et Oscar; aussitôt Arthur s'é-
lance en scène.

## SCÈNE QUATRIÈME.

ARTHUR, CAMILLE, CECILE.

ARTHUR.

Me suis-je contenu...

CAMILLE.

Vous ne saurez jamais pleinement vous soumettre

A mes désirs , Monsieur. Quoi? sans me compromettre,
Ainsi pouviez-vous donc à chaque instant ouvrir.

CECILE.

A la porte sans cesse on le voyait venir.

ARTHUR.

Et m'ont-ils vu , Madame.

CAMILLE.

Ils pouvaient vous entendre;
Ici votre présence aurait pu les surprendre.

ARTHUR.

Camille, pardonnez... Mais que lui disiez-vous?
Comment répondait-il? Par des propos bien doux?
Constance vous priait sans doute pour son frère...
Oscar la secondait? Ah! parlez sans mystère.
L'avez-vous repoussé? devez-vous le revoir?
De vous fléchir, Alfred conserve-t-il l'espoir?

CAMILLE.

Non; mais je dois le voir...

ARTHUR.

Ciel!

CAMILLE.

De nulle espérance
Je n'ai flatté son cœur.

ARTHUR.

Le voir...

CAMILLE.

De ma présence
Faudrait-il donc bannir mon frère, ses amis ?

ARTHUR.

Je sais que l'univers est près de vous admis.
Oh! j'en suis sûr, Alfred, adroit en son langage,
Quand il paraît céder, espère davantage.

CAMILLE.

A ce projet d'hymen il met peu d'intérêt ;
Calmez-vous.

ARTHUR.

Votre accent est celui du regret !

CAMILLE.

Que vous êtes peu fait pour lire dans mon âme.

ARTHUR.

C'est un un livre scellé que le cœur d'une femme,
C'est un sombre dédale, un antre ténébreux.
Le séjour de la fraude et du mensonge affreux !
Ah! moi qui vous aimais de l'amour le plus tendre !...

CAMILLE.

Mon cœur a-t-il jamais cessé de vous le rendre.

ARTHUR.

J'ose à peine sonder l'abîme de mon sort.
Au travers de ma vie... Alfred, ah! c'est la mort.
Il s'est mis à vos pieds, le nierez-vous, cruelle;
Il a pris votre main !...

CÉCILE.

Pour cette bagatelle,
Vous vous fâcheriez? Qu'il faut être jaloux !

CAMILLE.

Puis-je donc empêcher qu'Alfred à mes genoux ?...

ARTHUR.

Ne jure, avec transport, une éternelle flamme...
Insensé que j'étais !... oui, j'en doutais, Madame.

CAMILLE.

Fallait-il tendrement, Monsieur, le relever?

ARTHUR.

Non ! mais de vos dédains il fallait l'abreuver.
De se mettre à vos pieds il n'eût pas eu l'audace...
Une femme d'un mot peut remettre à sa place
L'insolent qui s'oublie...

CECILE.

Et si l'insolent plaît?

ARTHUR.

C'est en amour, Madame, un horrible forfait !
C'est une trahison, c'est un excès d'outrage !
Abandonner sa main ?... c'est la première page
Du livre de l'amour, de ce divin roman;
On arrive de là bien vîte au dénouement.

CAMILLE.

Par de pareils soupçons que je suis outragée !

ARTHUR.

Des soupçons ! des soupçons !

CAMILLE.

                    Je serai trop vengée
Par vos tardifs remords, qui seront superflus.
C'en est trop ! Je veux fuir pour ne pardonner plus;
Et de vous, pour jamais, je veux vivre éloignée;
Moi, qui vous aimais tant !... Ah ! je suis indignée.

                              *Elle sort avec Cécile.*

# SCÈNE CINQUIÈME.

**ARTHUR** seul et très-agité.

Allez à votre Alfred promettre votre main...
Est-assez la promettre ? Il l'aura dès demain.
Ah ! grand Dieu , qu'ai-je dit ?... Un autre... de ses charmes
Tranquille possesseur !... Je sens couler mes larmes !
Quand je devrais mourir ; non , il ne l'aura pas !
Moi , j'ai , par mon amour mérité , tant d'appas.

Je l'aime... je le sens... malgré sa perfidie !...
Mais, non! son cœur est pur... Ma seule jalousie...
Courons à ses genoux... Cependant sa noirceur!
Toujours le doute affreux vient déchirer mon cœur!....

Il sort.

# CINQUIÈME ACTE.

# Acte Cinquième.

## SCÈNE PREMIÈRE.

### CECILE, DUBOIS.

Ils apportent des bougies qu'ils placent sur la cheminée et sur la table.

##### CECILE.

Enfin, tu dois savoir ce qu'il est devenu ?

22

DUBOIS.

Qui ? Monsieur ? je l'ignore ; il n'est pas revenu
Depuis une heure au moins. Il est sorti peut-être
Pour joindre cet Alfred, qu'il n'aime pas, mon maître...
Çà pourrait bien finir assez mal cette fois !...


CECILE.


Par un combat, Dubois ?...


DUBOIS.


                              Entre-nous, je le crois.
  Mais il ne me dit rien !... Ah ! quelle différence
Autrefois, on avait entière confiance
En nous. Oh ! par sembleu ! qu'il est loin ce bon temps,
Où les valets, du maître, étaient les confidents.
Servir un amoureux, c'était boire au Pactole ;

Chaque tendre soupir valait une pistole.
Les tuteurs, les argus, gens toujours peu civils,
Prodiguaient aux Frontins quelquefois des mots vils ;
Mais l'or, Cécile, l'or, en tombant dans nos poches,
Savait nous consoler des plus rudes reproches.
Quel bonheur de brouiller deux crédules amans

Pour profiter après des raccommodemens !

Pour surveiller le fils, nous recevions du père ;

Le fils, de son côté, nous payait pour nous taire.

Pour un valet adroit, ah ! quels profits nouveaux,

S'il vendait son génie à deux galants rivaux !

Notre règne est passé, soubrette que j'adore ;

Plus heureuse que nous, le vôtre dure encore ;

D'un valet confident, Monsieur peut se passer ;

On est valet tout court... ou l'on se fait chasser ;

Pour vous, fine soubrette, il n'en est pas de même :

Une femme sensible, en son amour extrême,

Moins libre, de vos soins attend tout son bonheur,

Si vous ne serviez par des Lucrèces, la fleur.

CECILE.

On vient !... Eclipse-toi... vite !... c'est ma maîtresse.

Dubois sort.

## SCÈNE DEUXIÈME.

CAMILLE, CECILE.

—

CAMILLE, accablée et triste.

Il ne vient pas, Cécile, et ma folle tendresse
Semble s'accroître, hélas ! De ce qu'il fait souffrir
A ce cœur qui l'adore !... On ne peut revenir

Aussitôt du spectacle... Ici, je puis écrire,
Approche ce qu'il faut. Dubois a dû te dire
Ce qu'il est devenu?

CECILE.

Dubois l'ignore aussi;
Il est depuis une heure, au moins, sorti d'ici.

CAMILLE.

Que fait-il si long-temps ?... quel souci me dévore;
Je ne veux plus l'attendre, et je l'attends encore !

CECILE.

Madame, si j'osais...

CAMILLE.

Parle ! parle !

CECILE.

Entre-nous,
Vous fûtes bien sévère... et ce pauvre jaloux...

CAMILLE.

Méritait plus d'égards : c'était-là ma pensée !
Mais, Cécile, conviens qu'il m'a bien offensée.


CECILE.

Un mot injurieux porte son correctif,
Lancé par un jaloux en tous points excessif.


CAMILLE.

Jusqu'au fond de mon cœur, tiens, je me sens navrée,
Et de ma dûreté je suis désespérée !

Elle se dispose à écrire.


CECILE.

Ah ! si vous écrivez, montrez un grand courroux...
Puis, laissez entrevoir qu'on pourrait, au jaloux,
S'il promettait enfin sa guérison parfaite.....

Camille incertaine, reste assise, la plume à la main, sans écrire.

CAMILLE.

J'irais feindre...

CECILE.

Eh! mais, oui! Que vous êtes peu faite
Pour mener un amant! De trop de dureté
Si vous vous accusez, son esprit irrité,
Plus que vous ne l'étiez, vous fait alors coupable;
Paraissez en colère, et, d'un ton lamentable,
A genoux, il viendra demander son pardon;
Brûlant de l'accorder, d'abord dites-lui : Non!
Mais tendez-lui la main. Alors l'amant sensible,
Auprès de vous tremblant, d'un air vraiment risible,
Passera tout à coup, de la peine, aux transports
D'une excessive joie; ainsi, sans trop d'efforts,
Une femme souvent, dans son amour rusée,
Se fait accusatrice au lieu d'être accusée.

CAMILLE, écrivant.

De ces finesses-là je n'userai jamais....
Je lui dis que je l'aime autant que je l'aimais,
Que ses affreux soupçons excitant ma colère
M'avaient tantôt rendue et cruelle et sévère,

Que je le crois guéri de sa jalouse ardeur
Et qu'il aura bientôt ma main avec mon cœur.

Elle plie la lettre.

En ce moment Arthur paraît ; Cécile l'aperçoit et va parler.
Arthur lui fait signe de se taire ; Camille ne voit pas ce mouvement.

CAMILLE, continuant.

A Cécile.

Tu ne me trouves pas à tes conseils docile.
Porte-lui ce billet…. Tiens, ma pauvre Cécile.

Arthur a fait un nouveau geste encore plus impératif à Cécile.
Cécile hésite, se retire au fond du théâtre, observe un moment ce
qui se passe sur l'avant-scène, et sort. Arthur s'est placé derrière le
fauteuil de Camille. Celle-ci se retourne, aperçoit Arthur qui tend la
main ; elle se lève effrayée et garde le billet.

# SCÈNE TROISIÈME,

## CAMILLE, ARTHUR.

—

**CAMILLE.**

Ah! Monsieur m'épiait; vous m'avez fait un mal!...

**ARTHUR.**

Entrer sans s'annoncer, c'est vraiment déloyal.

CAMILLE.

Quoi ! Cécile, à mes yeux, s'est aussi dérobée ?

ARTHUR.

Mais vous n'avez rien vu; vous étiez absorbée
Par ce tendre billet, dépositaire heureux
De vos secrets pensers... Ah ! quel tourment affreux !...
Votre esprit enchanté vous retraçait l'image
De celui qui bientôt recevra ce doux gage....

CAMILLE.

Il doit, je vous le jure, exciter ma pitié !

ARTHUR.

Oserai-je invoquer les droits de l'amitié
Pour connaître le nom de l'amant... adorable ?

CAMILLE.

Adorable ? Ah ! grand Dieu, cet homme est détestable.

ARTHUR.

Et vous l'aimez, ô ciel! assez...

CAMILLE.

C'est malgré moi.
Je ne devrais, hélas! le voir qu'avec effroi!
Il me hait, et je l'aime!

ARTHUR.

Ah! vous êtes un ange.
Cet Alfred, car c'est lui vraiment, est fort étrange!
N'aimer point qui nous aime? Oui, son sort est affreux!
J'adore qui me hait; je suis plus malheureux.
Vous le voyez enfin, la douce sympathie
A relié nos cœurs!

CAMILLE.

Ah! de cette ironie
La sombre cruauté désespère mon cœur!
Moi, qui voulais malgré votre indigne fureur,
Vous conserver toujours ma constante tendresse...

*Elle veut sortir; Arthur la retient.*

ARTHUR.

Et ce fatal billet que votre main adresse
A celui qui vous hait et que vous adorez?...
Lorsque je l'aurai vu, vous vous éloignerez.
Donnez-le-moi, Madame, ou craignez ma vengeance...

CAMILLE.

Qu'osez-vous?...

ARTHUR.

Je le veux!

CAMILLE.

De cette violence....

ARTHUR.

Donnez, donnez, perfide!

CAMILLE.

Arthur, écoutez-moi!

ARTHUR.

Non !

CAMILLE.

Ce billet...

ARTHUR.

Donnez !

CAMILLE.

Cruel ! était pour toi !

ARTHUR, avec ironie.

Vous le dites, Madame ; Arthur veut bien le croire,
Hélas ! pour son repos comme pour votre gloire.
Mais à l'heureux Arthur, veuillez donc le donner,
Ou bien vous le verrez encor s'abandonner
A d'injustes soupçons...

CAMILLE.

A votre seule estime
Je veux devoir le calme !

ARTHUR.

Ah ! Madame, j'estime
Que nulle mieux que vous, jamais ne sut tromper,
Et d'un air de candeur hardiment nous duper.
Ce billet ! ce billet !... je le verrai, Madame.

CAMILLE.

Je suis au désespoir ; vous déchirez mon ame !
Arthur ! ah ! calmez-vous, de grâce !... La raison...

ARTHUR.

Me crie : Eclaire-toi sur cette trahison.

*Camille lui montre l'adresse de la lettre.*

CAMILLE.

Je veux, Arthur, je veux à la fin vous confondre.
Voyez, cruel ami, qu'avez-vous à répondre ?

*Arthur ne jette qu'un coup d'œil sur l'adresse.*

ARTHUR.

Oui ; c'était bien pour moi... Mais que m'écriviez-vous !

Que vous rompiez peut-être !...

CAMILLE.

Ah ! c'en est trop !.. jaloux Insensé !...

Elle tombe dans un fauteuil.

Mais quelqu'un !... Dieu !

Camille se lève précipitamment, essuie ses yeux et va au-devant de la société ; elle laisse le billet sur le fauteuil ; Arthur ne s'en aperçoit pas.

# SCÈNE QUATRIÈME.

LES MÊMES, OSCAR, CONSTANCE, ALFRED,
CÉCILE.

OSCAR.

La pièce nouvelle
Est d'un acteur connu; son talent s'y révèle.
Son esprit est toujours fécond, ingénieux.

ALFRED, à Camille.

Pour moi plaisir goûté, sans vous, est ennuyeux,
Qui, partagé par vous, me semblerait aimable.

OSCAR.

La mise en scène est bien; l'actrice inimitable !

ARTHUR, désignant Alfred.

Moins galant que Monsieur, je suis de votre avis,
Et sans restriction, au talent j'applaudis.
J'étais fort près de vous.... quoique loin de Madame,
Cette pièce a charmé mon esprit et mon ame.

ALFRED.

Nous serons plus heureux pour le bal de d'Hercour.

ARTHUR, bas à Camille.

De cet homme accueillez l'impertinente cour.

CONSTANCE.

Tune pouvais venir avec nous au spectacle;

Je le veux; mais le bal, je n'y vois nul obstacle.
Sans toi puis-je assister à la réunion.....

ALFRED.

Mais, Madame a promis. Est-ce une question ?
De ma sœur, cette fois, tromper encor l'attente ?

ARTHUR.

C'est pour une coquette une affaire importante,
Un bal !... chaque acteur, là, grimace le bonheur.
L'esprit est satisfait, mais rien, rien pour le cœur.
Beaucoup de jolis traits, beaucoup de laides ames !
Et, quand le philosophe examine les femmes,
Il découvre bientôt de tristes vérités;
Là de feintes vertus, des attraits empruntés.
D'un mari cette épouse abuse l'ineptie,
Fausse comme le fard et la diplomatie.
Nature ! oh ! quel outrage ! ici, vois ces beautés,
Esclaves de la mode et de ses nouveautés,
Elles t'insultent ! Vois ces tresses ajoutées
A celles dont ta main les a si bien dotées.
Pensent-elles rendre ainsi leur visage plus beau
En le parant.... horreur !.. des cheveux du tombeau ?
Leur robe indécemment sur trois points rehaussée

Prélude aux sots paniers d'une mode passée.

Cette veuve, à la danse, en leur serrant la main

Du cœur de deux rivaux croit s'ouvrir le chemin !

Et la walse ! la walse aux poses de bacchante ?....

Chaque amant se saisit de sa rapide amante,

Il l'enlève, il tournoie, il lui dit : O bonheur !

Nous n'avons qu'une vie, et nos cœurs sont un cœur ;

Il enlace son corps, il l'étreint, il la plie ;

Il rehausse son teint d'une horrible folie,

Comme un philtre enchanté boit son soufle divin

Qui coule avec l'amour jusqu'au fond de son sein ;

Il la promène au son des gammes infernales

Qui, des bals de nos jours, ont fait des saturnales !....

Le bal ? ah ! ce mot seul transporte de courroux !

Que serait-ce, grand Dieu, si l'on était jaloux.


CONSTANCE.


Monsieur, que le mot bal d'un saint courroux enflamme,

De son triste tableau, fait pour affliger l'âme,

A, dans son esprit seul, trouvé l'original.


ALFRED, à Camille.


Votre promesse, au moins.....

CAMILLE, à part.

Engagement fatal !

(Haut).

Je ne puis refuser... j'y consens... dans une heure.

CONSTANCE.

Ah ! je veux t'embrasser.

ARTHUR, bas à Camille.

Non, de votre demeure
Vous ne sortirez pas ! je vous retiens chez vous.....

CECILE, à part, observant Arthur.

Gare un nouvel éclat !

OSCAR, à Arthur.

Monsieur vient avec nous ?

ARTHUR.

Non, Monsieur.

OSCAR.

Désolé.

CONSTANCE, à Camille.

Mais, à notre toilette,
Il est temps de penser.

CECILE, bas à Camille.
Elle lui montre Arthur.

Sa fureur est complète.

CAMILLE, bas à Arthur.

Je voudrais vous parler... attendez un instant.

ARTHUR, bas à Camille.

Je ne veux rien de vous, cœur banal, inconstant.

CONSTANCE.

Hâtons-nous, le temps presse.

CAMILLE, observant Arthur.

Ah, Dieu ! que veut-il faire ?

Constance, Camille, Cécile, entrent dans les appartements; Camille
entre la dernière.
Oscar sort par le côté opposé ; Alfred le suit.

# SCÈNE CINQUIÈME.

### ARTHUR , ALFRED.

Arthur s'élance sur les pas d'Alfred ; il le saisit par le bras et le ramène en scène.

ALFRED, étonné.

Vos étranges façons.....

ARTHUR.

Paraissent vous déplaire.

ALFRED.

Si c'est votre projet, vous avez réussi.

ARTHUR.

Mais à me fatiguer vous excellez aussi.
Vous irez à ce bal ?.... accompagner Camille ?

ALFRED.

A la permission faut-il votre apostille ?

ARTHUR.

Vous plaisantez et moi je ne plaisante point.
Ah ! Monsieur, pouvez-vous me braver à ce point.

ALFRED.

Mais qu'avez-vous enfin ? Que la foudre me tue
Si je comprends un mot....

ARTHUR.

Monsieur, dans quelle vue
A Camille offrez-vous un hommage empressé,

ALFRED.

Mais vous par quel démon êtes-vous donc poussé?
Je ris de la demande !... Eh parbleu, pour lui plaire.

ARTHUR.

Auprès d'elle on pourra vous forcer à vous taire.

ALFRED souriant.

Ah ! Dieu qui pourra donc me causer tant d'effroi ?
Quel est donc le vaillant, le preux chevalier...

ARTHUR.

Moi !

ALFRED.

Ah ! je suis enchanté de faire connaissance...

ARTHUR.

Au pistolet monsieur.

ALFRED.

Mais vous saurez d'avance,
C'est l'avis que je donne en chaque différend
Que je touche, à vingt pas, une pièce d'un franc.

ARTHUR.

Un aussi beau talent ne m'inquiète guère ;
Il faut savoir courir les chances de la guerre !
Je le répète donc, Monsieur, au pistolet !

Fausse sortie d'Arthur.

ALFRED à part.

Si jeune, il veut mourir !... il est brave il me plaît.
Je pourrai le manquer.

ARTHUR revenant.

Près de l'observatoire ,
Dans un quart d'heure...

ALFRED.

Soit !

ARTHUR.

à part et très-agité

       Camille à ta mémoire,
Rappelle quelquefois le nom de ton jaloux !

ALFRED.

Vous aurez un témoin?

ARTHUR.

       Non, je me fie à vous.
Un officier français ne peut être perfide,
Le vôtre suffira.

ALFRED à part.

       C'est qu'il est intrépide !

ARTHUR.

Avez-vous réfléchi?

ALFRED, souriant.

       Quoi la nuit un combat?
Mais y songez-vous bien? c'est un assassinat.

La législation de nos jours est sévère.

ARTHUR.

N'avons-nous pas du gaz l'éclatante lumière !
Le but sera certain !

Il sort précipitamment.

# SCENE SIXIÈME.

### ALFRED , OSCAR.

OSCAR.

Je te croyais sorti.
Je t'ai cherché partout enfin j'arrive ici.

ALFRED.

De se battre avec moi, le jaloux à l'envie,
Au pistolet dit-il.

OSCAR.

Ah ! tu veux donc sa vie.

ALFRED.

Il a choisi malgré mon avertissement.
Qu'il montrait de bravoure en son emportement !
De le sacrifier, oui ! ce serait dommage...
Il me manque... mon cher, moi, je perce un nuage.

OSCAR.

Ah ! si tu succombais mon ami, quelle horreur !

ALFRED.

Ne vas pas à la crainte abondonner ton cœur.

OSCAR.

Le hasard quelquefois....

ALFRED.

Demeure sans alarmes,

**Un auteur connaît mieux la plume que les armes.**

Il vont pour sortir , Alfred en se retournant, aperçoit le billet que Camille à laissé sur le fauteuil. Alfred le prend et le donne à Oscar.

**De la main de ta sœur... un billet... au jaloux...**

Oscar prend la lettre et l'ouvre.

**Serait-ce son congé ? me prend-t-on pour époux ?**

Oscar sourit en lisant. Alfred impatient , fait un geste de curiosité, il n'ose pourtant pas lire en même temps qu'Oscar.

En ce moment Cécile traverse le théâtre , elle porte divers objets de toilette.

Alfred marque du dépit en voyant Oscar serrer la lettre ; dès qu'Oscar a aperçu Cécile, il s'est empressé de cacher le billet.

# SCENE SEPTIEME.

LES MEMES, CECILE revenant.

OSCAR.

Cécile !... au rendez-vous, ami courons bien vîte.

Cécile descend la scène.

ALFRED.

Oui, car Arthur pourrait croire que je l'évite.

CÉCILE.

Pas encore habillés?...

OSCAR.

Nous serons bientôt prêts.

CECILE.

Ces dames attendront.

ALFRED.

Retarde leurs apprêts.

Ils sortent en se parlant bas, mais avec vivacité.

# SCÈNE HUITIÈME.

CECILE, seule.

Elle les suit des yeux.

Mais je n'y comprends rien... quels airs diplomatiques !
Sombres comme la nuit et des vers romantiques.
Sont-ils mystérieux !... où vont-ils donc ainsi ?

# SCÈNE NEUVIÈME.

## CAMILLE, CECILE.

CAMILLE, agitée.

Ah ! je veux lui parler... Arthur n'est pas ici ?

CECILE.

Je ne l'ai point vu.

CAMILLE.

Ciel !

Elle fait un geste de terreur.

CECILE.

Alfred et votre frère
Ensemble sont sortis avec un grand mystère.

CAMILLE.

Ah ! Cécile, j'en ai le noir pressentiment :
Ils sortent pour se battre !.. ah ! quel affreux tourment !
Cours prévenir Constance.

Cécile sort.

# SCÈNE DIXIÈME.

CONSTANCE , CAMILLE.

—

Cécile amène Constance et sort.

CAMILLE, à part.

Horrible jalousie !
Tu seras donc toujours le fléau de ma vie !

. A Constance.

Chère Constance, aveugle en son amour fatal ,
Arthur croit que ton frère est son heureux rival !...

CONSTANCE.

Ah ! Camille !.. un duel !... et mon frère peut-être,
Mon frère , en cet instant, hélas !...

# SCÈNE ONZIÈME.

## LES MÊMES, DUBOIS, CÉCILE.

CAMILLE.

Dubois, ton maître ?....

DUBOIS.

Il m'avait défendu de le suivre.

CAMILLE.


A l'instant,

Cours , vole sur ses pas.... ne perds pas un moment....

Informe-toi , fais tout pour découvrir sa trace....

Dis-lui de revenir , que je l'en prie en grâce !


DUBOIS, à part.


Souvent il faut les fuir pour en être adoré !


CAMILLE.


Dubois, hâte toi donc !


DUBOIS.


Dans peu je reviendrai.

Il sort.

# SCÈNE DOUZIÈME.

LES MÊMES, excepté DUBOIS.

CONSTANCE.

Dans ce sanglant combat, si mon frère succombe,
Je veux, je veux le suivre et partager sa tombe.

*Moment de silence et d'abattement.*

CAMILLE, au désespoir.

Arthur !...


CECILE.


Ne livrez pas votre ame à la douleur ;
Des jours de tous les deux Oscar est protecteur :
En paroles souvent, on tue on extermine,
Et, le tout, chez Véry, fort gaiement se termine.
Mais silence.... Ecoutons.

On entend du bruit.


CAMILLE.


Quelqu'un !... J'entends du bruit !


CECILE.

Regardant dans le jardin.

C'est Dubois.


CAMILLE et CONSTANCE, ensemble.


Seul?

CECILE.

Oui seul.

CONSTANCE.

Oh! ciel.

CECILE.

Fatale nuit!

# SCÈNE TREIZIÈME.

## LES MÊMES, DUBOIS.

Dubois arrive tout essoufflé, on s'empresse autour de lui.

### DUBOIS.

A cent pas du jardin.... et j'accours...vous l'apprendre ,
J'ai trouvé ces Messieurs....Ils vont ici se rendre,...

CAMILLE, vivement·

Oscar ? Arthur ?

CONSTANCE.

Alfred?

DUBOIS·

Tous les trois.

CAMILLE et CONSTANCE , ensemble.

Quel bonheur !

# SCÈNE QUATORZIÈME.

## DUBOIS, CÉCILE, CAMILLE, CONSTANCE, OSCAR, ALFRED.

Arthur un peu confus se tient en arrière; Camille regarde son amant, et se jette dans les bras d'Oscar : Constance embrasse Alfred ; Dubois s'essuie le front, et Cécile regarde ce que font les autres personnages. Moment de silence.

OSCAR souriant à Camille et à Constance.

Eh quoi ! vous connaissiez sa querelleuse ardeur ?

CAMILLE.

Par un pressentiment !... O fureur trop coupable !

A Arthur.

D'un tel excès Monsieur vous êtes donc capable.

ARTHUR.

Madame....

CAMILLE.

          Et vous vouliez dans un affreux duel
Sacrifier un frère, un ami !.... Mais cruel,
Camille pouvait-elle être la récompense
De votre barbarie ?....

ARTHUR.

          Ah ! pardonnez !,...

CAMILLE.

                              Je pense
Qu'à vos prétentions de recevoir ma main
Vous avez renoncé ?

ARTHUR attéré.

Ciel !

CAMILLE.

Courage inhumain !
Ainsi l'on sacrifie à ce barbare usage,
Héritage des Francs.... que doit blâmer le sage,
Vous vous y soumettez, tout en le flétrissant;
Ah ! pour d'autres combats réservez votre sang.
Ce sang n'est point à vous, il est à la patrie;
Ne lui devez-vous pas, barbare, votre vie ?

OSCAR.

Entre ces deux Messieurs, j'étais médiateur;
J'ai bientôt eu calmé leur trop bouillante ardeur.
Grâce au gaz éclatant à la vive lumière
J'ai montré cet écrit....

> Il tire de sa poche le billet de Camille.

Et le combat ma chère,
En sermens d'amitié fut changé.... D'un billet
Admire la puissance, et le subit effet.

> Camille reconnaît le billet qu'Oscar lui montre.

CAMILLE.

Grand Dieu !

Elle cherche à s'emparer du billet, Oscar s'y oppose.

OSCAR.

De cet écrit la franchise est touchante.

CAMILLE suppliant.

Oscar !....

OSCAR.

Et cette phrase est vraiment convaincante.

Il lit.

« Alfred, mon cher Arthur est un homme d'honneur ;
« Mais je ne l'aime pas ; seul, vous avez mon cœur.
« Il ne sera pour moi que l'ami de mon frère,
« Vous serez mon époux. »

ALFRED.

Certes , la chose est claire !
Adieu l'illusion.... Mais je l'ai toujours dit ,
Je n'aurais pas voulu vous devoir au dépit ;
J'ai perdu tout espoir , mais soyez mon amie ,
Arthur qui le permet n'a plus de jalousie.
Mon amour repoussé vous trouve sans pitié ,
Qu'au moins....

CAMILLE.

Je vous promets ma sincère amitié.

ALFRED.

Arthur va devenir des maris le modèle.

CAMILLE.

Je m'inquiète peu s'il doit être fidèle ;
Alfred , je veux rester maîtresse de mon cœur.
Monsieur serait jaloux , et de plus querelleur.

ARTHUR.

Ah ! pardonnez , Camille , à ma jalouse rage

Et jamais d'un soupçon ne redoutez l'outrage;
Mari, j'effacerai les torts de votre amant.

OSCAR.

Avouons-le, ma foi, l'ouvrage sera grand.

ARTHUR à Oscar.

D'un frère prêtez-moi le crédit secourable.

OSCAR.

Il t'aime tant ma sœur!....

CAMILLE.

Il est impardonnable.

ARTHUR.

Vous êtes inflexible et je suis corrigé.

CAMILLE.

Est-ce pour bien long-temps ?

OSCAR.

Ah! je le crois changé;

Rends-toi.... ton cœur le veut.

CAMILLE abandonnant sa main à Arthur.

Mon frère tu l'ordonnes?
Vous le voyez, Messieurs, les femmes sont trop bonnes.

ARTHUR transporté.

Ah! de la jalousie a toujours délivré
Du feu d'un pur amour je me sens enivré;
Par vous, de la raison, j'ai recouvré l'usage.

ALFRED à Camille.

Votre vertu devait enfin le rendre sage.
Applaudissons-nous tous de ce retour charmant,
Qui rend à nos salons leur plus bel ornement.

ARTHUR, inquiet.

Nous n'aimons point Paris; au fond de la Champagne,
Nous irons respirer l'air pur de la campagne.

# TABLE

## DES PIÈCES CONTENUES DANS CE VOLUME.

✠

# Table.

FIN DE LA TABLE.

www.ingramcontent.com/pod-product-compliance
Lightning Source LLC
Chambersburg PA
CBHW050308030726
47505CB00003B/625